中公文庫

素子の碁

サルスベリがとまらない

新井素子

中央公論新社

目次

●素子の碁――サルスベリがとまらない○

●○　まえがき

これは、囲碁についてのエッセイです。以前、『週刊碁』（日本棋院《きいん》）という媒体に連載させていただいたもの。

その時の事情については、一回目の原稿にも書いてあるんですが、囲碁の専門紙って、当たり前ですけれど、碁が強い人の文章ばっかりが載っているんですよね。で、この原稿を書いた当時の私は、とっても碁が弱かったから、「弱い人の話も聞いてー」っていう気分で、この原稿、書かせていただきました。

で、今回、この原稿を本という形に纏《まと》めさせていただくに際して、ちょっと欲がでてきてしまいまして。

勿論《もちろん》、囲碁を知ってる方に楽しんでいただけるととても嬉《うれ》しいんですけれど。ちょっと欲をだして。囲碁、知らない方にも、読んでもらえたら、嬉しいなあ。

そんでもって、更に欲をいえば、この本を読んで、「囲碁って面白いかも知れない、私もやってみようかなあ」って思っていただけたら、すっごく嬉しい。

という訳で、いろいろと手をいれてみました。

もともとの掲載紙は、囲碁専門紙でしたから、囲碁用語、そのまんま使っています。それを本文中で補足したり、あとは、本文とは別に、コラムのようなものもいれてみました。

実は、本文中にもでてきますけれど、囲碁って、ある程度の棋力《きりょく》（強さのことですね）がないと、やってることが理解できなかったりするんですよ。今でもまだ私、ちゃんと囲碁のこと理解できている訳じゃないんですが、それでも、この原稿を書いている時よりはましになった。で、まあ、今の私の棋力で、やれる限りの補足をしてみました。

何より。囲碁に関して、私には、プロの棋士の先生方より絶対によく判っていることが、ひとつだけあります！（おお、凄い断言だな。）

なんたって、囲碁始めたのが四十すぎですから。本当の初心者の時、自分が何が判らなくてどんなことに苦労したのか、それ、全部、覚えているんです！（プロ棋士になるような方は、すでにもう初心者の頃のことなんか覚えていないか、初心者でいた時期が殆《ほとん》どないか、初心者時代に苦労してないんです。）

という訳で、この本、楽しんでいただけると嬉しいです。囲碁好きな方には、結構共感していただけるかなって思いますし、囲碁、やったことがない方には。これ読んで、「面白そうだからやってみようかなあ」って思っていただけると、本当にほんっとに、私は嬉しいです。

●○　八人の初心者

初めまして。

小説家をやっている新井素子と申します。

囲碁始めて、三年とちょっと。まだ級位者なんですが、この度、『週刊碁』でエッセイの連載をさせていただくことになりました。

なんだってまた、碁が全然強くない人間が、専門紙でエッセイなんか書くことになったのか。その意気込みをちょっと書かせていただきますと……。

あたり前のような気もしますが、『週刊碁』に原稿を書いていらっしゃるのは、プロの棋士だったり、観戦記者の方ばかり。と、いうことは、ここに書かれている原稿、そのすべてが、強いことを前提にしている雰囲気が、ちょっと、あるような気がします。（プロ棋士が強いのはあたり前ですが、観戦記者の方だって、一般のアマチュアからみれば、異様に強いです。）

それに。以前〝ふれあい碁会〟とか、その種の囲碁イベントに参加した時、「級位者の頃の記憶がない」っておっしゃる棋士の方にお目にかかったことが、あるんですね。これは、その棋士の方が記憶喪失になった訳ではなくて……大体が、プロ棋士になるような方って、とても小さな頃から、囲碁に親しんでいるでしょ？ 三つとかその辺から碁を打っていて、物心ついた時には、すでに級位者じゃなかった。だから、級位者の気持ちが判らない。

これは、まずくありません？ だって、どう考えたって、強い人より、弱い人の方が多いのが、普通です。ということは、弱い人の書いた原稿がなきゃ、おかしいんです。

と、いう訳で、非常に僭越《せんえつ》ながら、まだまったく弱い私が、エッセイを書かせていただくことになりました。いわば「〝弱い〟人の意見も聞いてー」っていう雰囲気で。とんでもなく莫迦《ばか》なことも書いてしまいそうですが、高段者の方には、「ああ、級位者の頃って、そうだったよなー」って笑って読んで欲しいし、級位者の方には、「うん、そうなのよ」って思って読んで欲しいです。

なにとぞよろしくお願い致します。

☆

では。

そんな御挨拶の後で。

まず、私が、囲碁を始めた経緯について、書いてみたいと思います。

私が囲碁を始めたのは、友達の影響で。そんで、その友達っていうのが、『ヒカルの碁』（原作・ほったゆみ／漫画・小畑健／監修・梅沢由香里）を読んで、囲碁に興味を持ったんです。

まあ……でも……この漫画、読んでいても囲碁のルールはまったく判りません。（ルールが判らないのに読める、楽しめる。これはもう、作者が凄いとしか言いようがないです。『ヒカルの碁』って、素晴らしい漫画です。多分、この先の囲碁界には、『ヒカルの碁』世代って言われる人達が出てくると思います。）

で、普通だったら、漫画を充分楽しんで、ここで話が終わりになる筈《はず》なのですが（だって、興味を持っても、ルールすらよく判らない）、ここに、別な要素が加わります。

ゲームボーイアドバンス。

ヒットした漫画は、ゲームになり、この携帯用ゲームで、私の友達は囲碁を始めて、はまってしまい……そこで、いきなり、私に話が来た訳です。

「ねえ、素子さん、囲碁やってみませんか?」

いや、気持ちは判る。囲碁ってボードゲームですから、ちまちましたゲームボーイアドバンスの画面で打ってるのより、碁盤で打ちたくなるよねえ。いや、その前に。やっぱり人間相手に打ちたくなるのが、普通じゃない?

☆

ここで話がちょっと変わるのですが、私、ちょっとしたホームパーティのようなものを、ずっとやっておりまして、『ヒカルの碁』にはまった友達、別に私だけを勧誘した訳じゃなくて、このホームパーティの会場で、大々的に囲碁の勧誘をやったのでした。

結果として。

私を含め、八人の人間が、なんか、ふらふらーっと囲碁に誘われて……。

(四十代の人間が主催しているホームパーティ。そりゃ、出席者は、それなりにばらつきはあるものの、大体そんな年がメイン。そんで、四十代の——いや、三十代であってもーー人間が、子供より優れている処って言えば、経済状況がはるかにいいんですね。みなさん、すぐにゲームボーイアドバンスを買ってしまいました。)

かくして。三、四十男女が八人、いきなり囲碁を始めることになって、次のホームパーティには、いきなり八台のゲームボーイアドバンスが揃うっていう事態になったのですが……でも。

この時、生きた人間相手にちゃんと碁を打ったことがある人の数は……ゼロ。

八人の囲碁素人がいて、先生は、ゲームボーイアドバンスのみ。

これは、紛糾するのが、目に見えています。

いや、ゲームボーイアドバンスって、結構よくできている機械だし、『ヒカルの碁』ソフトは、なかなかいいソフトだったと思います。

でも、決定的なことに、この機械とこのソフトは、生身の人間の質問に答えてくれないんですよね。

この場合、ここに石を置いてよかったのか？（ゲームなら、着手禁止点にはそもそも石が打てない。けど、対人間相手なら、なまじ打ててしまい、あとになってから、「ここ、打ってよかったの？」って話になる。）

間違ってコウ（ちょっと特殊な形です）なんか発生しちゃった時、どうやって終わらせるの？

　そもそも、どうやったら、囲碁って勝敗がつくのよ？　いや、そりゃ、地《じ》が多い方が勝つんだってことは判っているんだけれど、どっちの地が多いのかは、整地《せいち》してみないと判らないでしょ？（このあたりでは、目算《もくさん》なんてできる人は一人もいない。）そんで、整地をする為には、終わらせないといけない、でも、いつになったら、終わりだって判断していいの？（ゲームは、勝手に終わりを判断してくれていましたから……。ちなみに、整地っていうのは、勝負が終わったあとで、どっちの地が多いか、数えやすい形に整えることで、目算っていうのは、それをやらなくても地の数の判断ができる技術です。）

　それまで、ゲームボーイアドバンスのみを相手にしていた私達には……それらの質問に対する答が、だせませんでした。

　そしてその上。

　実際に目にした十九路盤《ろばん》って（ホームパーティやってる関係上、我が家では、一応、パーティの席上に折り畳みの十九路盤を用意しておりました）、広すぎたんです。

　これはもう。

「人間で、碁を打てる人を、確保するしか、ない」

人間で、碁が打てる人。いやあ、すっごい表現ですが。この当時の私達には、本当にこういう人が必要だったんです。そこで。

☆

「確か、あいつ、囲碁やってた筈……」

旦那が、ふいに、思い出してくれました。

旦那の幼なじみで、前にも何回かこのホームパーティに来てくれたことがあるYOさん。確か、彼は、碁が、打てる筈。

「次のホームパーティまでに、あいつに連絡してみるよ」

また、同時に。

十九路盤は、なんか、とてつもなく広くて、どうしていいのか判らなかったのですが、これを解消してくれたのが、漫画家の、YAさん。

御自分も〝素人の八人〟の中にいるYAさん、十九路盤がとてつもなく広いと思った処で、九路盤と十三路盤を、自分用に自作することにしたんですね。

いや、考えてみればね、それはYAさんはプロだから。漫画家だっていうことは、線をひくのの、プロなんですよね。

結果として、その十三路盤と九路盤を、我が家でもいただきました。んで、これは非常にありがたかったです。

そんで、えーと、話はもとに戻って。

次のホームパーティでは、ちゃんと人間相手に碁を打ったことがある、当時八級だったYOさんが、来てくださいました。

☆

「も、いくらでも石置いていいです」

この方のねー、第一声が、かっこよかったです、非常に。

だって、「いくらでも石置いていいです」だよ、「いくらでも石置いていいです」！

（あ、囲碁の場合、弱い人は、ハンデとして、先にいくつか碁盤の上に石を置くことができます。無茶苦茶有利になります。）

いやあ、この後、私の一生が、あと何十年あるのか判りませんが……一回は、言ってみたいもんです。「いくらでも石置いていいですよ」。

まあ、私達八人は、初心者もいいところで、ルールすらよく判っていなかったから、井目《せいもく》（石を九個置くこと。最大のハンデです）おいても、まったく〝碁〟にはならなかったのですが。(だもんで、〝いくらでも石置いていい〟状態になってしまいました。)

　んでも。生きている人間相手に碁を打つことができましたんで、それだけで、私達初心者は、パワーアップ。

　それに大体、相手が生きている人間だと、質問に答えてくれるもんなー。それだけで〝こんなありがたいことはない〟っていう気分に、なってくるもんなあ。(普通の、盤面半ばで発生するコウなんかはまだいいんですけれど、1の一や2の一あたりでコウが発生した場合、これは同形反復って言っていいのか？　どれがコウで、どれが石いれていい形なのか？　これ、ほんとの初心者には判らないです。しかも、ゲームボーイは、質問しても答えてくれない……。)

　こうして。

　じりじりと。

　私達ホームパーティ・囲碁八人初心者の実力は、向上していったのです。

　じりじりと。かたつむりが這《は》うように。

●○　初心者の棋譜並べ　1

強くなる為には、どんな囲碁の勉強をすればいいんでしょうか？

初心者である私達は、いつもこんな疑問（というか、〝夢〟だよねー、こんな勉強さえすれば囲碁が強くなる、そんなものがもしあるなら、ああ、それをしたい）を抱いています。

ところが。

こんな〝疑問〟、ないしは〝夢〟に対する答はわりと決まっていて……。

〝詰碁《つめご》〟を解きなさい。

うまい人の棋譜《きふ》を並べてみなさい。

はあ。みなさん、そう、おっしゃいます。

ですが、これは……嘘です。嘘って言葉が悪いのなら、間違っています。

なんだってこんなことを断言できるのか。

答は非常に簡単。

実際に、本当に初心者の頃、私自身が、これをやったからです。何度もやったからです。やり続けたからです。

〝詰碁〟の問題はちょっとおいておいて、棋譜並べ……これ、本当の初心者の頃にやって、何か、意味が、あるんかい！（いや、こういう断言は、別の意味で間違っているかも。本当に本当の初心者でも、あるいは、若い人なんかは、棋譜並べして、棋力があがるのかも知れません。けれど、私みたいに、四十をすぎてから囲碁を始めた人間は、せめて、石の流れが判るようになるまでは、棋譜並べ、やんなくていいと思います。四十をすぎた、本当の初心者に、棋譜並べを薦める人は、四十すぎの人間の頭の固さと目の悪さを、ある意味、なめてると思います。）

まあ、でも。本当の初心者の頃、四十を越えていた私は、旦那と二人で、名局って言われる棋譜を……並べてみようと思いました。そんで、実際に……並べ、かけて、みました。（棋譜並べって何？　については、この章のあとにコラムのっけます。このあとの文章、囲碁知らない人にはちょっと判りにくいと思いますので。かなり詳しく説明致しますので、御安心ください。）

☆

最初に、名局って言われている棋譜を並べてみようとして、私達は、すぐに、挫折しました。

総譜は、そもそも問題外だとしても、一局が六〜七譜くらいに分かれて書かれている棋譜でも……数字が多すぎっ。これではまるで、〝間違い探し〟だ！

この棋譜の中で、❶を探し、碁盤に黒石を置き、②を探し、碁盤に白石を置き、❸を探し……。

やってられないっ。

いいえ、石の流れや形が判ってきた今なら、結構すっすって並べることができるんですが、当時はそれが判りませんでしたから。

十九×十九の、合計三百六十一の交点の中から、⑧を探し、❾を探す……。

無理です。できません。いや、やってやれないことはないのかも知れませんが、その場合、私達は、棋譜並べをやっているんじゃなくて、数字探しゲームをやっていることになってしまいます。

なんかもう、あまりに不毛な作業に疲れ果てた頃、私だったか旦那だったか、どっちかが、気がつきます。

そういえばうちは朝日新聞、とってなかった？　あそこには、名人戦の棋譜が載ってなかった？　そんでもってあの棋譜は、十いくつにも分かれていて、だから、探す対象になる数字が、随分少なくて済むんじゃない？

新聞の棋譜を切り抜いて、一局分が出揃った処で棋譜並べを始める。

これは、一つの譜にのっている石の数がかなり少ないので、楽。

そう思って、夫婦二人、秋の夜長に棋譜並べをして……第三譜くらいまでは、楽しくこの作業、進めることができました。ところが、第五譜、第六譜あたりまで来ると……。

新聞にのっている棋譜は、碁盤の図の横と上に、数字がふってあります。ところが、あたり前の話ですが、我が家の碁盤には、数字なんてついていません。すると、どうなるか。

一つ石を置くごとに、碁盤の枡目《ますめ》を数えるのはあんまり煩雑ですし、いきおい、私達、石と石との関連性から、次の石を置いてゆくことになりました。えーと、この石は、こっちの石の隣、とか、この石から見て二つとんで上、とか、ななめ、とか。

石の数が、十個や二十個なら、まだいいんです。でも、二十手で終る碁なんてまずないですから、勢い、石の数は増えてゆき……すると。

石の数が百を越えたあたりで、とんでもない事態が発生する訳です。

「えーと、次の白は、この石から見てななめ上にいっことんだ処……って、おい、ここ、石置いてあるぞ」

「え……あ、本当だ。あれ？」

「間違っているのは、どっちだ。えーと、この石は、左から数えて……」

「うわあっ、ずれてる！ この黒石の集団、一路、ずれてるじゃないっ！」

「待て、まずいっ。ここの石がずれているっていうことは、さっき、この石を基準にして置いた白石は……」

「ずれてる！ そっちも、ずれてる！」

「あああ、やんなおしだー」

さっき、私は、〝棋譜並べをしました〟とは、書かなかった筈です。〝並べかけました〟って書いた筈です。

はい、そうなんですねー。何十回も、やった棋譜並べ、最後まで間違わずに並べられたことが……ほんの数回しか、なかったんです。

どっかで！ どっかで、何かの石が、一路、ずれちゃうんです。そんで、一つでもずれた石が発生すると、石と石との相互関連性なんかまだ判っていない私達、ずれた石を基準にして棋譜並べを続けてしまいますから、ある程度手数がすすんだあたりで、「おい、ここにはすでに石が置いてあるぞ」っていう事態になってしまう訳なんです。

しかも。旦那はサラリーマンですから、棋譜並べをやるのは、夕飯のあと、寝るまでのわずかな時間。慣れていない私達は、わずかな時間では一局を並べ終えることができず、必然的に、一局並べるのに、二日がかり、三日がかりって話になり、その間、リビングにおかれた碁盤は、昼間私が掃除をするごとに揺れたり何だり……。別に私達が打ち間違わなくとも、いつのまにか、一路や二路、ずれちゃうこともあるんですよね……。

なんかもう、意地で続けた棋譜並べなんですが、結局、棋譜並べが勉強になるって真実思えるようになったのは、すっすって棋譜が並べられるようになり、一局並べるのに二日がかりにならなくなった、囲碁始めて半年以上たった頃の話でした。

☆

あ、あと。棋譜並べの話題と言えば、ぜひ、書いておきたいことが一つ。

とある棋譜を並べていて、初心者の私と旦那が共に疑問に思ったことは……。

「ねえ、この白石、アタリかけられているよねえ（アタリっていうのは、その石が次に取られる状態になっていることです）」

「ああ。どう考えても、ほっとくと、取られるよなあ」

「でも……白の人、ほっといてるんだよね」

「そんでしかも……黒番が、取らないんだよなー、石。全然違う処に、打っているんだよなー」

　なんでだろう？

　初心者には、こんなことが、とっても不思議です。はい、だって、初心者は、取れる石があるなら、絶対取りにいっちゃうもの。

　しかもしかも。

　もっと判らない局面も、でてきます。

「……ねえ……今、右下の方で、色々わしゃわしゃやっていた訳でしょ？　なのに、黒は……右下無視して、左上の方に行っちゃった」

「行っちゃった……なあ」

「んで……これ、私の間違いかも知れないけれど……この状態、ほっといて、左上の方に行っちゃうと……右下のね、この黒の石三つ、白がここに打つと、取られちゃうんじゃないかと思うんだけれど……」

「ああ。黒が逃げなかった以上、この三つの黒石は、取られるよなあ」

「それでいいの？」

「……よく判らんが、プロがそう打っているんだから、それでいいんじゃないのか？」

「なんでそれでいいの？　しかも、なんでだか白、それ取りにいかないし」

はい。この時の私から見て、三年後の私には、その理由が判ります。三目抜かれるのより、はるかに大きい処に、黒番はまわったのです。そんで、白は、三目抜くより大場《おおば》の方に対処して。

でも、そんなことが判らない三年前の私達は、そんな疑問を抱いたまま、棋譜並べを続けて。

すると、更に訳の判らない局面に出喰わすんです。

「ああああっ！　黒、逃げた！」

それまで、ずっと、全然違う処に打っていたのに。いきなり、三目取られる筈だった処に、黒がまわって。

「今更、何故だ！　逃げるんならもっとずっと前に逃げだしてもよかった筈なのに、それに、そもそも、白はなんだって今まで、この三目を取らなかったんだ」

はい、三年後の私は、言いましょう。他の処が一段落ついたから、黒はここにまわったんですねー。この問題を、つきつめて考えてゆけば、〝大場〟とか〝急場《きゅうば》〟とか〝大きい処〟とか、色々勉強になった筈なんでしょうけどねー。

けど……初心者の、私と旦那は、なんか、もの凄い結論を出して、それで納得してしまったのでした。

うん。

この結論だけでも、〝石の流れが判らないうちは、棋譜並べなんてやってもしょうがない〟って気分になります。

この時の、私と旦那が出した結論っていうのは……。

「この人達は、変だ」

……初心者って……こんなものです。

コラム1 棋譜並べって何?

まず、ここにあるのが、棋譜です。(図1)

これは、総譜っていいまして、初手(一手目のことですね)から終局(囲碁が終わった時のこと)まで、全部載ってます。

うまい方は、これをみて、「ほう、こんな戦いだったのか」って判るらしいですが、級位者(初段、とか、三段、とか、段を持っていない人)が見たって、何が何だか判りません。そもそも、1はどこだ？ 2はどこだ？ の世界です。(基本、老眼の方にも、これはきついです。)

で、タイトル戦なんかの棋譜が新聞に載る時には、六つや七つに分割されます。(図2)

ほんの少し、判りやすくなりましたよね？ これだと、1や2は探しやすいです。(殆どの場合、なんとなく隅の方を探すと、一桁の数字があります。)

で、この番号順に、黒石打って、白石打って、黒石打って……ってやっていくと、その一局を再現することができます。

棋譜並べって、そういう勉強法です。

122〔118〕151〔80〕162〔146〕
165〔157〕168〔146〕170〔157〕
236〔10〕238〔107〕239〔233〕
2018 年 1 月 18 日・19 日
第 42 期棋聖戦
白番：井山裕太棋聖
黒番：一力遼八段
全互先 先番６目半コミ出し
240 手完・白番 井山棋聖の中押し勝ち

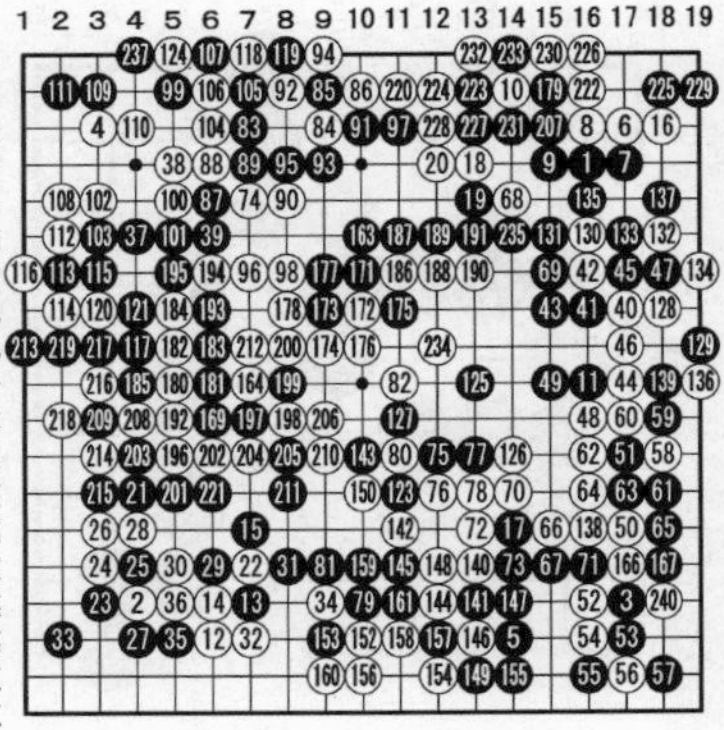

（図１）

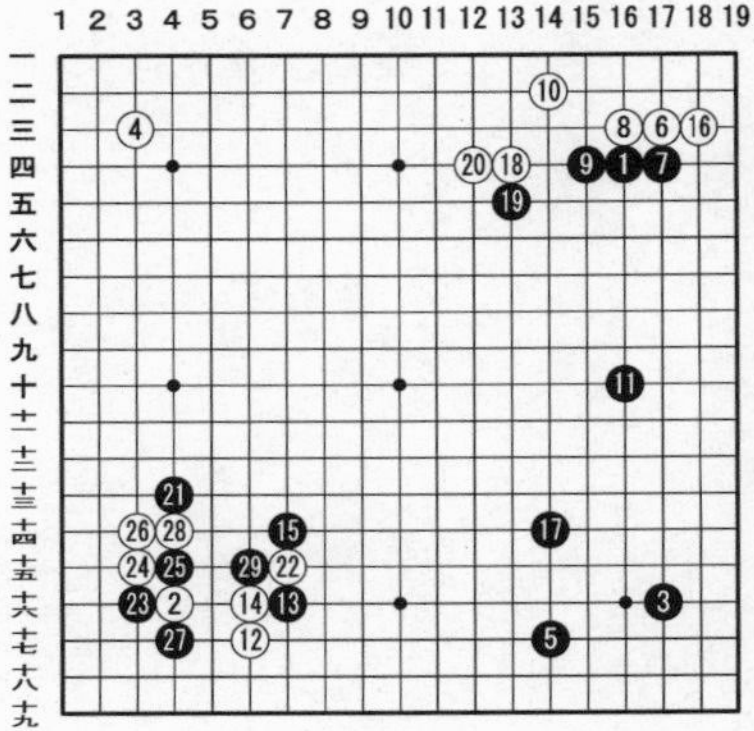

（図２）

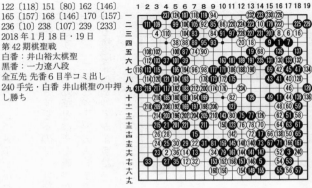

た。

ただ、この書き方だとイメージがわかないでしょう。で、ちょっと再現してみまし

十九路盤だと大きすぎるので、九路盤（小さな碁盤です。初心者が最初に打つのに向いてますし、十九路とはまた違った趣があるので、強い方でも愛好家はいらっしゃいます）で、二級とか三級の人同士で打っているって設定です。

これで棋譜並べやってみますね。

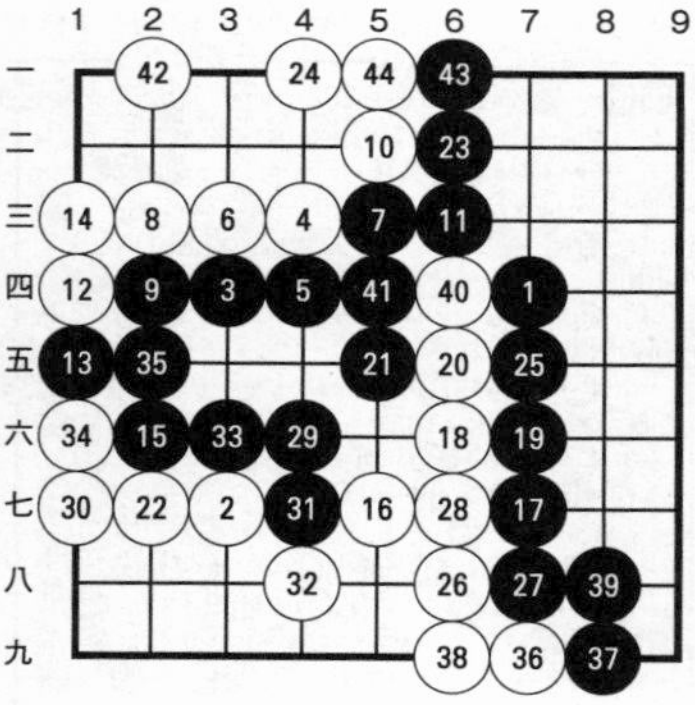

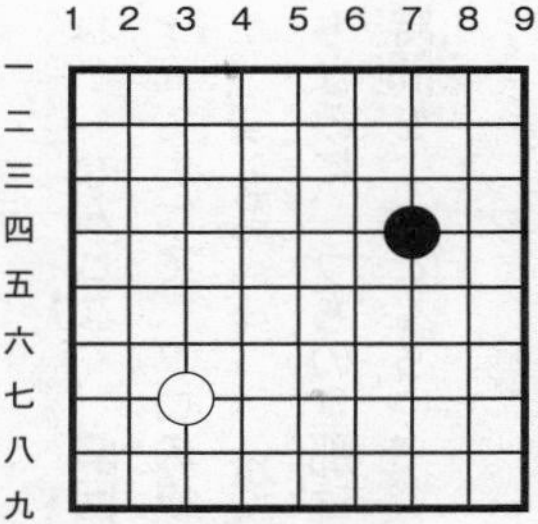

①まず石を置いてみます。

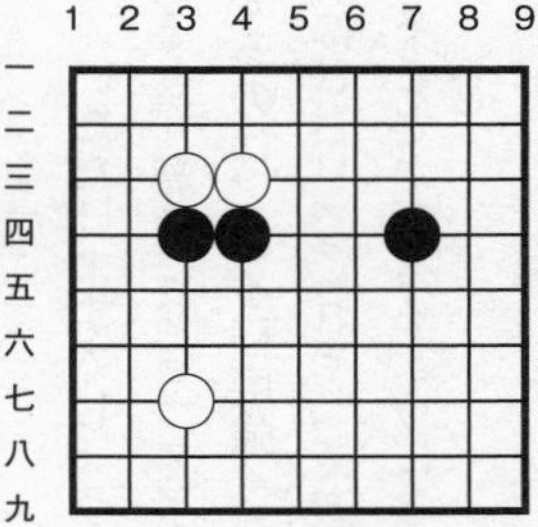

②右ページの図の番号順に少しずつ並べてみますね。
何となく、白が上の方で地を作ろうとしてます。

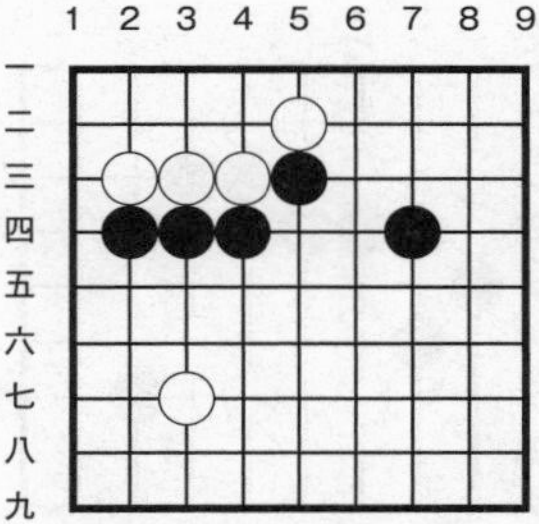

③黒は最初に打った石に繋がろうとしています。
白は外へ出ようとしています。

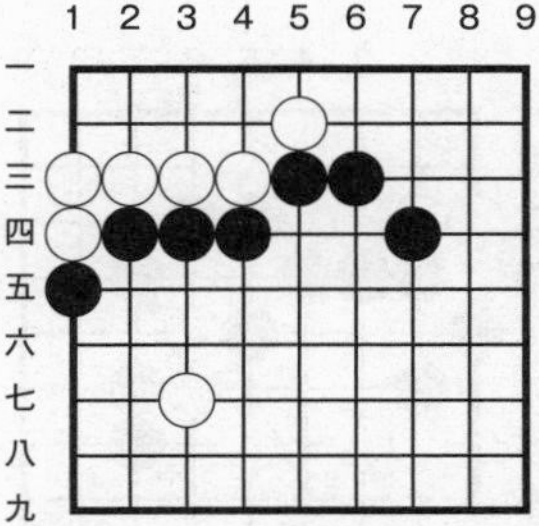

④何となく左上が白っぽくなりました。

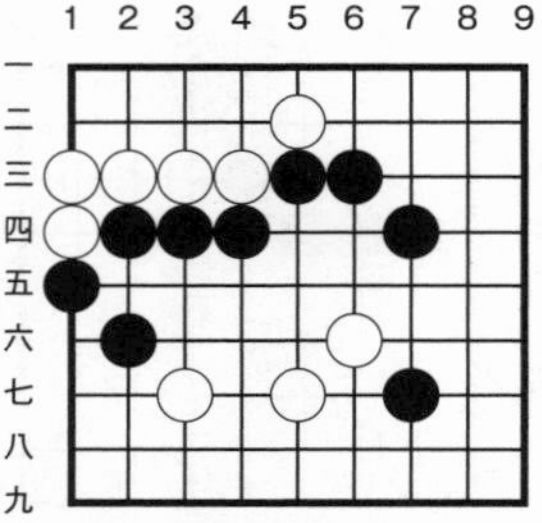

⑤黒は２の五に白が来ると困るので守りました。
白は最初に置いた石が動き出します。

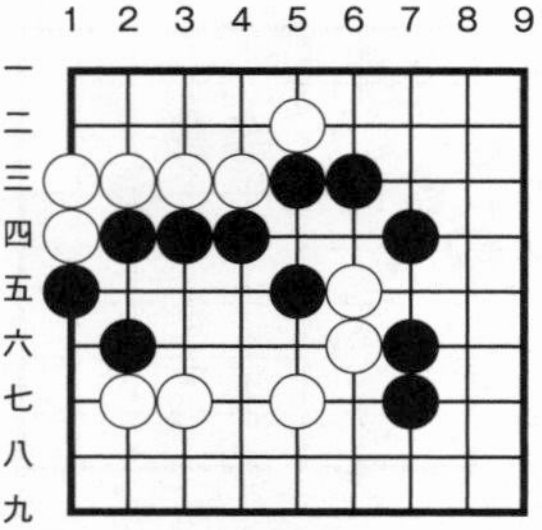

⑥黒は自分の石に繋がりつつ、右側を地にしようとしています。
ほら、なんだか碁っぽくなってきました。


ね？　なんとなく、雰囲気、判っていただけますでしょうか。

そんでもって、プロの棋譜を並べると、勉強になるって了解いただけましたでしょうか。（でもやっぱり、棋譜並べをするのは、ある程度強くなってからだと思う。）

ちなみに、うちの旦那は最近休日にひとりでこれやって遊んでます。慣れてくると、一時間ちょっとくらいで、一局並べることができるようになります。

●○　初心者の棋譜並べ　2

　囲碁用語って、かなり特殊な気がします。

　棋譜を並べている時には、同時に解説も読んでいる訳でして……そんで、この〝解説〟が、初心者には、意味、判らない。ああ、いや、内容が判らないのは、棋力からして当然なのかも知れませんが、おそろしいことに、使われている言葉、それ自体が、判らない。（というか、おかしいと思えてしまう。しかも、初心者はがんばって囲碁の本なんかも読む。すると、謎の言葉がどんどん増える。）

「……ねえ……この黒石、〝ノビ〟って書いてあるよね」

「ああ、隣の黒に、この石くっついているもの。だから、隣の石からみて、この黒石、伸びているもんなあ、そんで、〝ノビ〟なんだろ？」

「そう思うよね、旦那もそう思うよね？　黒の隣にくっついている黒、それを〝ノビ〟っていうのかなーって思っていたら、どうも、違うらしいの、それ」

「へ？」

「同じく黒石があって、隣に石がおかれた場合でも……こっちの場合では、その状況でも、〝ノビ〟じゃないのよ！　〝ノビ〟って書いてないの」

「え？」

「伸びているんだけれど、この石のこと、解説では、〝サガリ〟って書いてあるの！」

「えええ！　なんだそれ！」

「しかもっ！　こっちの図を見て。同じく、黒石があって、隣に黒石がつながったんだけれど、これ、〝ノビ〟でも〝サガリ〟でもないの」

「じゃ、なんだって言うんだ！」

「ハイ」

「え、全然言葉が違うじゃないか」

「しかも、こっちの図では、黒石の隣に置いた黒石は、オシ」

「な……なんなんだー、ハイ、とか、オシ、とか、返事かよーっ！　いや、応援団か何かなら、〝オシ〟じゃなくて、〝オス〟か」

「〝おす〟って書いてある本もあるんだわ」

「ほんとに返事っていうか、挨拶用語っていうか……」

「〝挨拶〟って言葉もあるの。『ここでは挨拶をせずに手抜きするのが正解』だとか……」

「何なんだー、それは一体、何のことを言っている何なんだー。確かに、囲碁って、礼儀正しいゲームだから、初めに『お願いします』って挨拶をするし、終った処で、『ありがとうございました』って挨拶はするよな、でもそれ以外に挨拶……する必要があるのか？　勝負のまっ只中で、『ごきげんよう』とか、『今日はよいお日よりで』とか、挨拶している奴って、いるのか？　するべきなのか？　する必要があるのか？」

まあ、これは、ちょっと誇張して書いてますが。ですが、こんなことを言いたくなるくらい……囲碁用語って……初心者には、よく判らないです。

ひとつ、黒石があって。その隣にまた黒石が来た場合、その石は、いろいろな呼ばれ方をします。

〝ノビ〟って言われたり、〝ハイ〟って言われたり、〝オシ〟って言われたり、〝サガリ〟って言われたり、白石の状況によっては、〝ブツカリ〟なんて言われたりもしますよね。んで、そんな区別……初心者につくもんかあっ！（このあと、詳しい解説を図つきで書いてみますね。）

と、まあ、こんな状況を考えるだに――思います。

囲碁は、できるだけ、子供の頃に覚えたかったものだ。

というのは、この状況って、〝子供が言語を習得する〟のに、よく似ている部分があるんじゃないかと思うからです。

☆

えーと、ここに。〝私〟が、〝碁〟を、〝打っている〟、そんな状況があるとします。

それを、日本語で言いあらわそうとします。

「私・碁・打つ」

はい、意味は通じます。ですが、もうちょっと流暢《りゅうちょう》な日本語として……。

私は碁を打ちます。

私が碁を打ちます。

私も碁を打ちます。

はい、全部、〝私〟という主体が、〝碁〟という目的に対して、〝打つ〟という動作を行ったという点では、一致しています。

けど、この三つの文章、ニュアンスが微妙に違うでしょう？　とはいえ、この三つの文章の差異を説明しろって言われたら、結構困るのでは……。

（特に、〝私は碁を打つ〟と、〝私が碁を打つ〟の差異は、確かにあるんだけれど、説明がむずかしいでしょ？）

んでも。

ネイティヴの日本人には、ニュアンスの違いが判る筈です。それは、語学として〝日本語〟を学んだから判るんじゃなくて、感覚として。

同じことが、囲碁にも言えるんじゃないかなあ。

黒石の隣に、黒石が来る。

まったく同じに見える、この状況が、ある場合は〝ノビ〟で、ある場合は〝オシ〟、ある場合は〝サガリ〟。

これ、囲碁始めて三年以上たった今の私なら、ある程度区別がつく……ような気がします。（本当に区別がついているのかって聞かれると、困ってしまうのですが。）

んでもって。

ネイティヴの日本人が、「私は碁を打ちます」「私が碁を打ちます」を、感覚的に区別できるように、子供の頃から碁をやっていた、囲碁ネイティヴの人は、この囲碁用語を感覚的に区別できるんだと思います。そして。

囲碁の解説を書いている人は、多分、囲碁ネイティヴ。だから、何の注釈もなしに自然にこれらの囲碁用語を使ってるんでしょうね。

でも、これだと、本当の初心者は……。

用語に注釈をつけて欲しいとは言いませんが（多分それではあまりに煩雑）、ネイティヴじゃない囲碁初心者がいるっていうことを、どうか、心にとめておいていただけると嬉しいのですが……。

コラム2　言葉がよく判らない

ひとつ、黒石があって、その隣に黒石がもう一個くっつく。やってることは、同じなんです。ですけれど、状況によって、言葉が違ってきちゃう。

例をいくつか作ってみました。

はい、全部、黒石があって、その隣にもう一個黒石を置いたってケースですね。それがこんな多彩な表現になってしまうって……どうよ？（ちなみに、挨拶っていうのは、〝相手の石が自分の石の周辺にやってきて——特に、相手の石が自分の石にくっついてきた場合——、自分の石に何かしら手をいれること〟です。相手が近所にやってきたんで、ご挨拶している訳ですね。）

とはいえ、この用語、厳密に区別しようとすると混乱するだけで、実際にはそんなに判りにくくないです。いや、伸びている石を〝ノビ〟って言ってるんだし、下に向かって下がっていりゃ〝サガリ〟なんだし、〝ブツカリ〟はぶつかってるんですしね。全部日本語です。意味判ります。用語が判らないと碁が打てないって訳じゃないです。

ただ、囲碁ネイティヴの方は、ほんっとに自然に、さらっと正しい言葉で解説をなさったり書いてくれちゃうんで……囲碁初心者は混乱したぞって話です。（それも、中年になってから始めた初心者は。これが子供ならねー、自然に用語覚えて、ネイティヴになってゆくんだと思います。うん、親の転勤でいきなり外国暮らしになっちゃった子供は、いつの間にかその国の言葉をしゃべれるようになるのに、親の方は、日本でさんざ予習していっても、相当苦労する人もいるよって程度の話です。）

〈ノビ〉

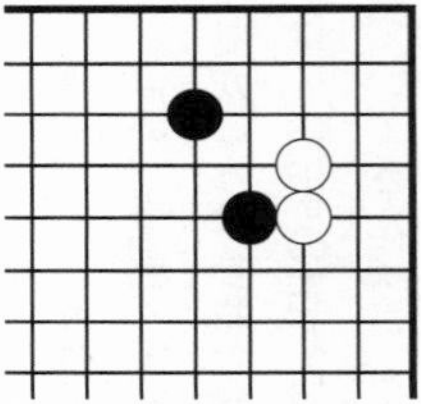

①まず、こんな状況で石があるとします。

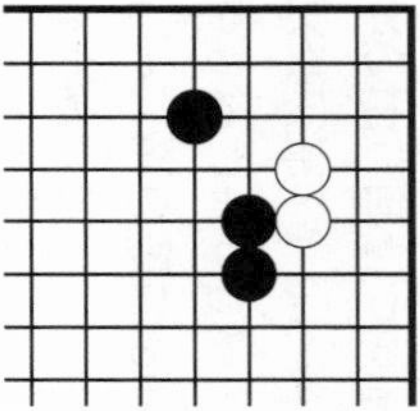

②ここでこの場所に黒が打つとノビ。
碁盤の、中央へ向かって打ったら、それは、ノビです。

〈ハイ〉

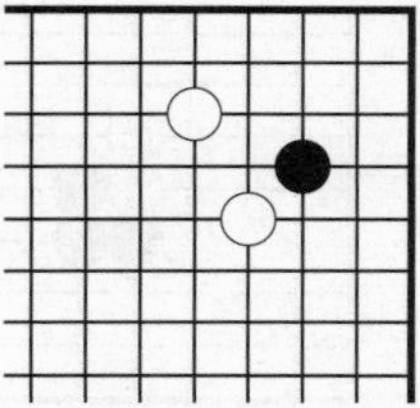

⑤今度はこんな状況だとします。

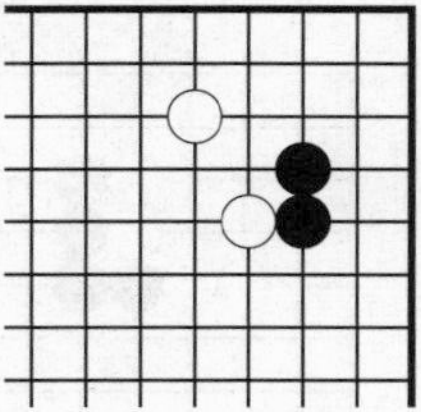

⑥ここに打つとハイ。
閉じこめられないように、黒石は外へ出てゆこうとしているんですね。でも、上に白石がいるので、この状況はハイと言います。這っているんです。

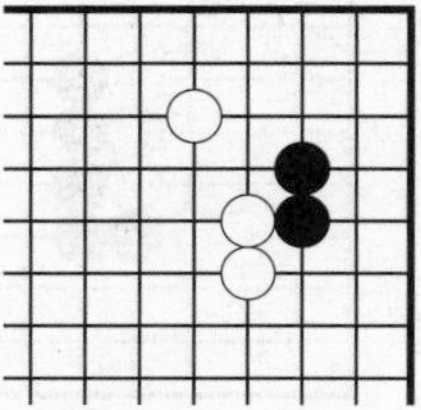

⑦で、続けて白がここに打つと、これは、ノビ。
白視点では、中央に向かって打っていることになりますので。

〈サガリ〉

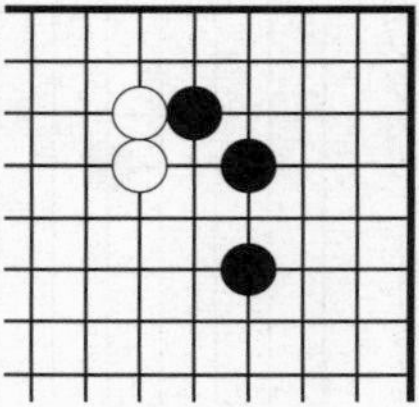

③今度はこんな状況だとします。

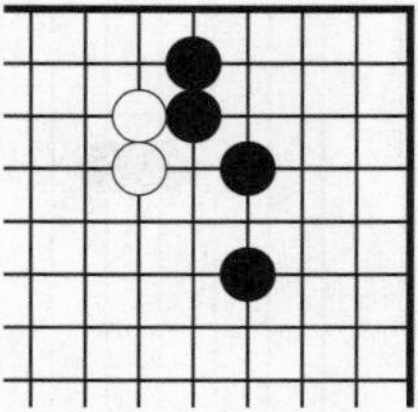

④それで、ここに打つとサガリ。
黒石の隣に黒石が来るのは同じですけれど、今度は中央とは逆の方向に行っているでしょ？　ですので、伸びてないで、下がっている訳です。

碁盤の中央を、天元って言います。碁盤を一つの世界として、天元が上。隅の方は下です。四隅とも、下です。

〈オシ〉

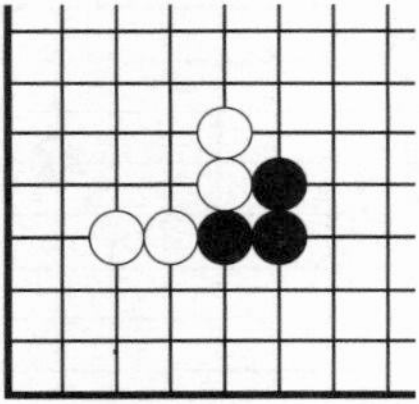

⑧今度はこんな状況で……

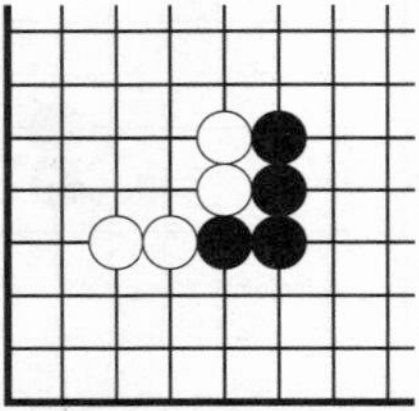

⑨ここへ打つと、オシです。
オシの条件は、相手が隣にいること。隣の相手を押している訳です。

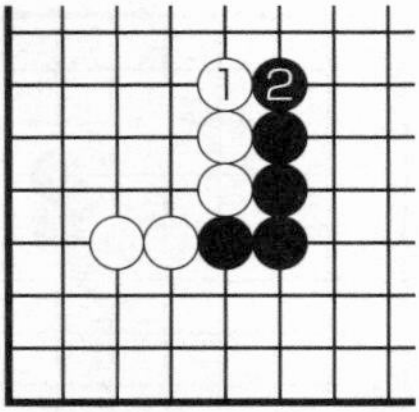

⑩白が①に打った後、黒が❷に打ったらオシ。

〈ブツカリ〉

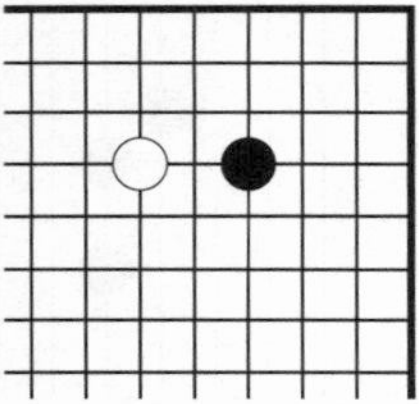

⑪今度はこんな状況で……

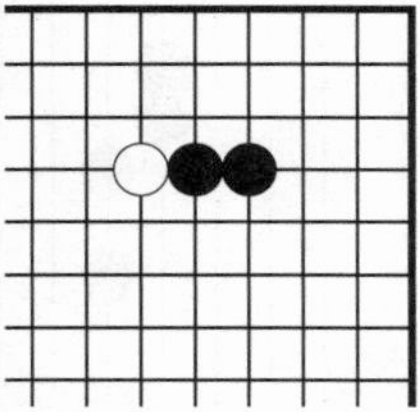

⑫ここに打つとブツカリです。
ブツカリの条件は、自分の石とくっついている状態で、相手の石に接触することです。ぶつかっている訳です。

●○　初心者の詰碁　1

まったくの初心者が囲碁の勉強をする際に、〝棋譜並べ〟は辛いって原稿を、今まで私は書いてきました。

同じように。

まったくの初心者が囲碁の勉強をする際に、〝詰碁〟も辛いっていう原稿を、これから私は書く予定なのですが……これ、ちょっと、書くの嫌かも。

というのは。

囲碁歴三年の私は、只今、詰碁が大好きだから。

とっつきにくくて、知り合った頃はとげとげしい間柄だったけれど、何かっていえば喧嘩ばっかりしていたけれど……でも、段々、段々、好きになってきちゃった、そんな人の悪口を今更書くのは、なんかちょっと気がひけるよな、そんな雰囲気。

おお、これは、なんか〝恋愛もの〟だ！　ラヴ・ストーリーって、第一印象〝嫌な奴〟ってパターンが結構あるんですよね。そんで、それが徐々に……第一印象が最悪だった分、知り合ううちに相手の魅力が判ってきて……っていうのが、パターンなんですが……って、私は〝詰碁〟とラヴ・ストーリーを繰り広げる気はまったくないんですけど。

でも。

思い返してみれば、本当に初心者の頃は、訳判らなかったんです、詰碁。

その辺の処から、書いてみましょうか。（このあと、囲碁知らない方には判らないエピソード、ちょっとでてきますが、大丈夫。そのエピソードが一段落したところで、〝詰碁って何？〟ってコラム、いれてみました。）

☆

えーと。

本当に本当の初心者の頃、私は、最初の〝詰碁集〟を買いました。

この頃、私が判っていたのは、囲碁の最低限のルール（地が多い方が勝つ、二眼《にがん》ないと死ぬ）だけ。

これしか知らないと、詰碁を解くのは、非常に困難です。

そして、私が買ったのは、日本棋院発行の、『やさしく解けるポケット詰碁180』って本。

……この本の選択が……今にして思えば、まずかった。これは、間違いなく、初心者が手にとる本ではないと思います。(あ、でも、それはこの本のせいではないのよ。最後まで読めば、この本が悪い訳じゃないってお話になるからね。でもやっぱり、初心者がやる本だとは思わないけれど。)

☆

この本。

最初に〝死活の心得〟なんていうコラムがあり、〝隅のマガリ四目〟がとりあげられており……これは、初心者には、訳判らないコラムです。だから、このコラムを飛ばすと……。(今にして思うんですが、そもそも最初に〝隅のマガリ四目〟がでてきちゃったあたりで、この本、絶対に初心者向けじゃありません。) 次に出てくるのは。

死の部。

第一問。(黒番)

「まずはウォーミング・アップ。隅をどんな形で取らせれば殺せるでしょうか」

って問題に、なります。

わはははは｜。この段階で、疑問、続出です。

これ……何が問題なのかが、そもそも判らんわっ！

本当の初心者にしてみると、詰碁集を見た時、「そもそも問題が判らない！」という、おそろしいことが……起こり得るんです。囲碁に慣れている人なら、「え？」って思うようなことが、あり得るんです。

☆

はい。では。その問題をもう一回ここに書いてみましょう。

「死の部・黒番」

「まずはウォーミング・アップ。隅をどんな形で取らせれば殺せるでしょうか」

あとは、黒石と白石が並んでいる碁盤の図だけ。

☆

すさまじい処から、いきましょう。

この時の私は、本当の初心者でした。なんせ私は、この頃、対戦したのはゲームボーイアドバンスと、同じくゲームボーイで遊んだことがある囲碁初心者だけ。〝詰碁〟なんて、解くのはこれが生まれて初めて。

ということは、図形を示して、〝死の部〟って書いてあって、〝黒番〟って書いてあっても、何を言われているのか判らないんです。

〝死の部〟で、〝黒番〟って書いてあるっていうことは、この問題、まず、黒から打って、そんでもって白を殺せって意味である、そんな、基本ルールを、当時の私は知りませんでした。ですから、図形を示されても、そもそも〝問題が何なのか〟が、まったく判らなかったのです。

……どーすんの、これ？

何を要求しているの、この問題？

この瞬間。

私は、激怒しました。

ど、ど、どこがっ！

どこが、〝やさしく解ける〟ポケット詰碁なんだよおっ！ こんなもん、むずかしいっていうか、訳判らないっていうか、どう考えても〝やさしくは解けない〟だろ？

☆

私がこの本を買ったのは、御近所の本屋さん、囲碁関係があんまり充実していない処にて。

んで、まあ、そこには、囲碁関係の書籍って、ほんの数える程しかなく、そこでまあ、私は、一番簡単そうな本を買ったのですね。

それが、この本。ですが、この本。

よくよく読むと。

「本書はこれから初段を目ざそうという方のための詰碁集です」って書いてあるんですよね。

……こ……こ……これは、私の方が、悪かったわ。

三十級くらいの初心者が、いきなり〝初段〟を目指す詰碁を解こうっていうのが、間違っていたわ。

（でも。この本屋さんには、これより簡単な詰碁集はありませんでした。そんで、教訓。初心者が詰碁をやろうと思った場合は、囲碁関係の書籍が充実している処まで行って、ひたすら簡単なものを買うか……ないしは、子供向けの本を探すのがいいと思います……。）

コラム3 詰碁って何？

囲碁始めて十年を超した私、今では詰碁、愛してます。大好きです。（実は私、打ち碁より詰碁の方が好きっていう、大変特殊な嗜好をしていることが、最近判ってきました。）

で、その詰碁って何かって言いますと……。

とっても簡単に言ってしまうと、囲碁の特殊事情からできたパズルみたいなものです。

囲碁の特殊事情。んー……なんていったらいいのかなあ、目標に向かう道筋が、あまりストレートではない。

目標に向かう道筋が一番判りやすいゲームは、双六でしょうか。あれはもう、最初っから厳然とした目的地があって、そこにちょっとでも早くついたものが勝つっていう、目的とやってることが、完全に一致したゲームです。

これが、たとえば、チェスとか将棋とかになると。どっちも、キングとか王将とか、最終的にこの駒をとったら勝ちってものがあり、もう初手から、ひたすらそれを目指せばいいんですよね。もっとも、それをする為に、様々な策略を巡らせたり、陣を布いたり、自分の駒を犠牲にしたり、いろんなことやる訳ですが、とにかく目的は、はっきりしている。何やればいいのか、それだけは判る。

囲碁の場合は、囲った面積（地といいます）が、広い方が勝ち。ただ……碁盤というもの凄い広い世界で、自分の地面を囲うっていうのが、最初のうちは、感覚的に、すんごい判りにくいんです。

たとえば。

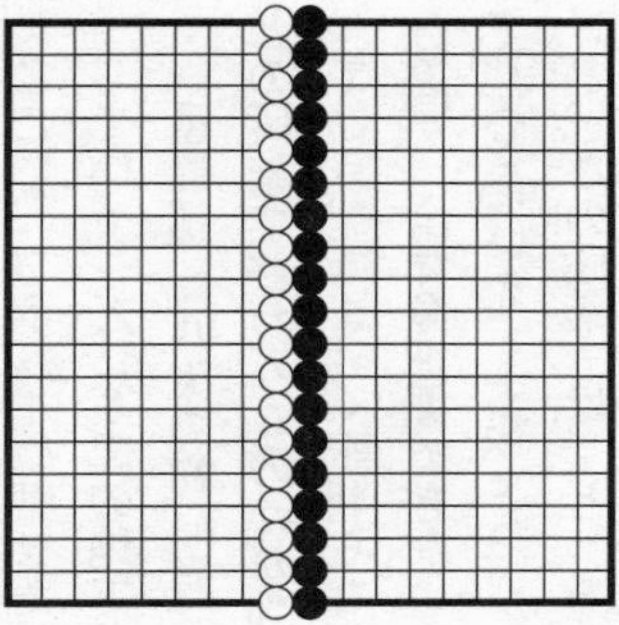

こんな終局図があるとします。これは、一目瞭然で、黒の方が地が大きいので、黒の勝ち。けど、常識的に言って、こんな勝負ってあり得ないでしょ？　どう考えても、黒が地を囲おうとして石を並べているのに、白がつきあってくれる道理はありません。（というか、正しく言えば、この図、終局していません。けど、それ言い出すと無茶苦茶煩雑になるので、今回はこういう終局図があったってことにさせてね。）当然、石と石の境界線は、もっとずっとごちゃごちゃになります。

ここで、コラム1に載せた棋譜のこと、思い出してください。石がもうごちゃごちゃしていて、どこが黒の地でどこが白の地だか、初心者はぱっと見よく判らない。一番最初、「八人の初心者」の処で書いたと思いますが、初心者の場合、「そもそもどの段階で終わりなのかが判らない」「どっちが勝っているのかまったく判らない」っていう、凄まじく訳判らない状況が、このせいで発生してしまいます。打ってる自分達が、全体像把握できないんです。あまりにも黒石と白石がぐちゃぐちゃになるので。(とはいえ、十級くらいになると、さすがに終わったことは判るようになります。けど、この段階では、どっちかが大勝していない限り、まだ、どっちが勝っているのか判らなかったりします。)

で。ごちゃごちゃになっている黒石と白石ですが。ここに、〝生きている石〟と〝死んでいる石〟っていう概念(死活、といいます)が発生する為、話、もう一段階、判りにくくなります。

☆

ところで、囲碁ってルールがもの凄く少ないんです。

基本ルールは、黒が先でかわりばんこに打つ、自分の石に、縦か横で繋がっている石はひとつの集団だとみなす(斜めは繋がっていません)、自分の石が、縦横敵に囲まれてしまったら、その石は取られてしまう、そこに石を置いた瞬間取られる場所には、石を打ってはいけない（着手禁止点と言います）、大体、こんなもの。

図をいれて説明すると、こんな感じになります。

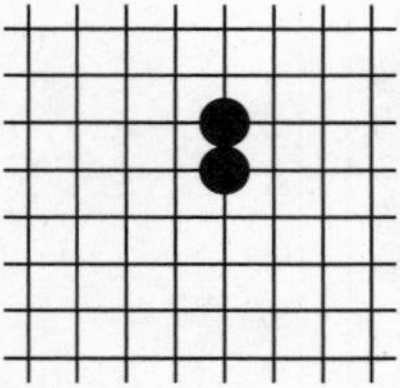

①―１　この二つの石は、繋がっています。

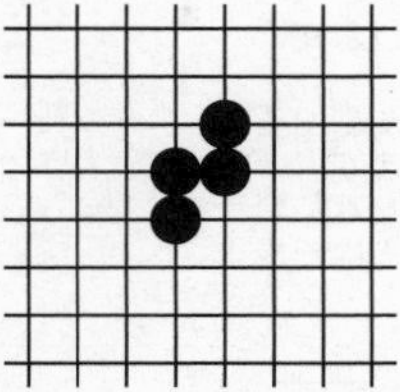

①―２　この四つの石も繋がっています。縦か横かで他の石にくっついていますから。
ですが……

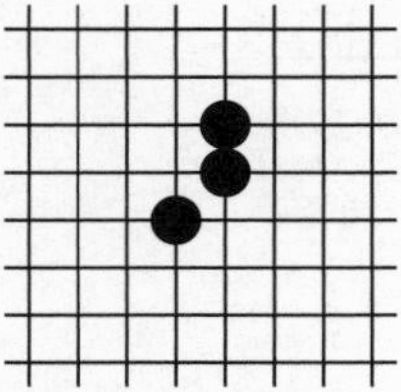

①―３　この三つの石は繋がっていません。繋がっている二つの石の脇に、石がぽつんといるだけです。

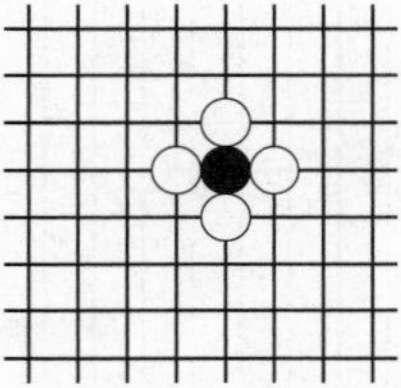

②―１　また。黒石が一つあった場合。
白がこういうふうに囲んでしまうと、縦横全部敵に囲まれているので、この石は取られます。

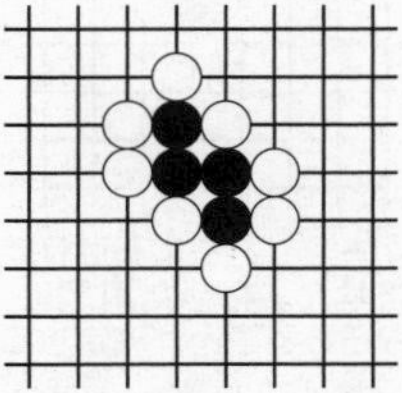

②―２　団体の石も、取り囲まれてしまうと、まとめて全部取られてしまいます。

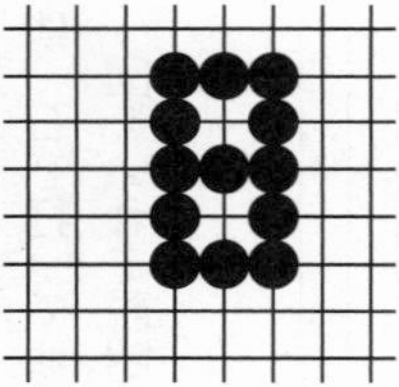

④―１　今、書いた条件をつらつら考えてゆくと、特殊な形が発生すること、理解していただけますでしょうか。
こんなふうに並んでいる石があったとします。
この石は白がどんなに頑張っても取ることはできません。

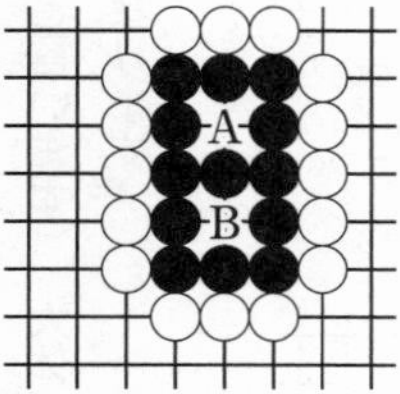

④―２　仮に白がこの黒石の外側を全部囲ったとしても……ＡもＢも着手禁止点だからです。

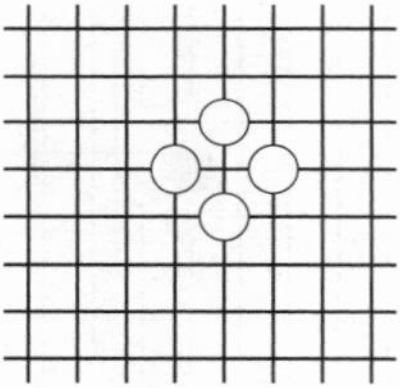

③―１　またこうなっている時には……

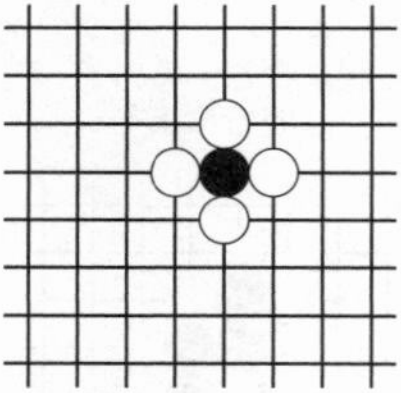

③―２　ここに石は打てません。打った瞬間に、取られることが確定しているからです。（着手禁止点）

……はあああ、長い前ふりでしたあ。

この、ルールをもとにして、そこに並んでいる黒石を殺してしまう、ないしは、黒から手をいれることにより、生死不明だった黒を生かすことができる、そういうパズルが、詰碁です。

具体的な問題をいれてみますね。

問題１　黒が石をいれると、白が絶対にはいれなくなる処が、一ヵ所だけあります。んで、そこに黒を打てば、この黒の団体さんは、生きます。

問題１
【黒番】生きて下さい

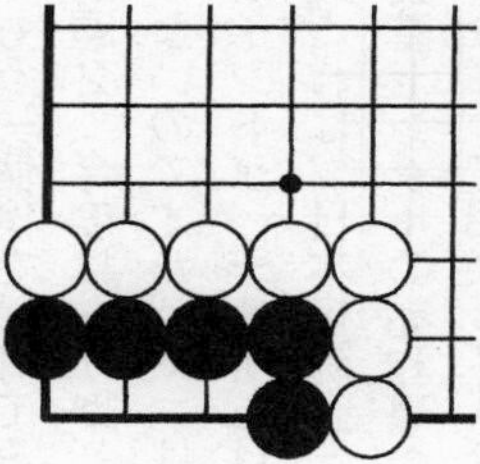

もう一個例をいれてみますね。

問題2　今度はなんか、離れてる白石があったりして、黒も全部くっついている訳ではないのですが、やっぱり、そこに黒が石をいれると、白が絶対に黒をとれなくなるポイントが、一ヵ所だけあります。こういうの、解くのが、詰碁です。

(これは、日本棋院刊『はじめての詰碁』という本から引用させていただきました。囲碁センターの売り場の方に、「ほんとの初心者に判りやすい詰碁集ってどれでしょうか」って相談して選びました。いやあ、ほんとに判りやすい。)

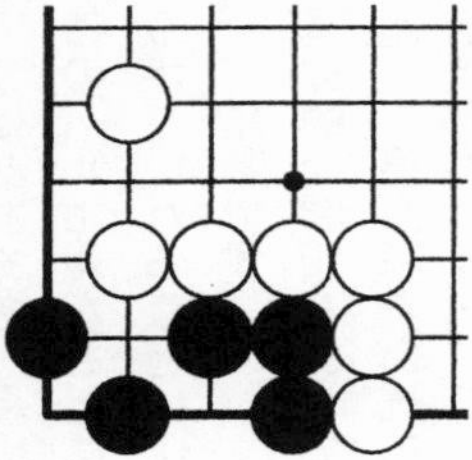

問題2　【黒番】生きて下さい

☆

ここで、前にいれた棋譜、思い出してくださると嬉しいです。

あの、ごちゃごちゃしている黒と白の石、実は、みんなしてこのパズルをやっているんです。とにかく〝生きる〟形になるようにがんばっているんです。

（あ。本文の中に、〝二眼ないと死ぬ〟って書いてあるのは、こういう意味ですね。全部囲地のことを、〝め〟ともいいまして、二つ、眼がないと、今書いたみたいに、全部囲まれてしまうと取られてしまうのよ。でも、〝め〟が二つ以上あれば。かわりばんこに打つっていう、最初に書いたルールがある為、それに、着手禁止点というシステムがある為、絶対にその石は、生きています。「せーのっ」で、二ヵ所同時に打つことは、囲碁の場合、できませんからね。）

と、いう訳で。詰碁が初心者の勉強になるって、お判りいただけましたでしょうか？

うん、すみっこの方で戦いがおきることはよくある、その時、詰碁やってるとひたすら有利。あるいは、相手が広大な地を築いてしまって、その地を許してしまえば、自分が負けてしまう。そんなことが判っている時は、相手の陣地の中に、自分がはいってゆかざるを得ないケースがある。こんな時、小さく生きる術が判っていれば、それはもう、とても有利。

と、いう訳で、詰碁は、囲碁の勉強法として、推奨されている訳です。
（と、いうことは、理解しているんだけれどね私。でも、異論があるんだよね私。詰碁ってさあ、詰碁ってさあ、ものによっては、もっとずっと素敵なものなんだよ？ 単なるパズルじゃなくて、「そんな手があったのかっ！」って叫んじゃうようなものとか、「初手がそこ！ すっごい、初手がそこ！」って驚くものとか、「うわあ、エレガント……」って唸っちゃうようなものとか、いろいろあるんだよお。
囲碁の勉強、おいといて、趣味として楽しめます、詰碁。）

【先程の問題の解答】

問題1

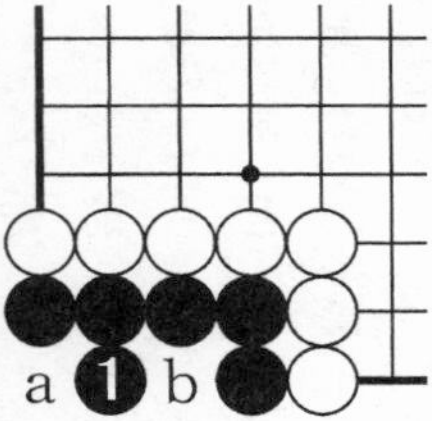

黒１で二眼を作れます。白はａにもｂにも入れず、手が出せません。

問題2

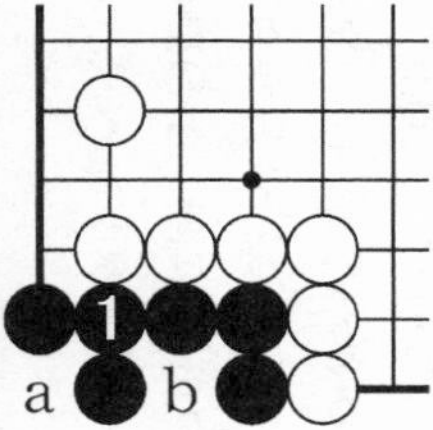

ａとｂに二眼があるように見えますが、黒１と打つことで完成します。

●○　初心者の詰碁　2

ここでちょっと時間をとばして……囲碁始めてから、半年以上たった時のことを書かせてください。

☆

半年程囲碁をやって、一応、何とか、形だけでも〝碁〟みたいなものを打てるようになった頃、私、知り合いの、高段者の方に囲碁を教えてもらえる機会がありました。んで、井目おいて、ずたずたのぎちょんぎちょんにされて、終った後で、初手から並べなおして。

「ここはね、ついだ方がいいです」

「ここは、こっちよりここの方がずっと大きい」

なんて教わった、最後に。

高段者の方、ちょっと唇なんか噛んで、「言おーかなー、どーしようかなー」って雰囲気になり。

「えーと……新井さん、〝六死八生《ろくしはっしょう》〟って……知ってる？」

知りませんでした、私は。だから、非常に明るく。

「え、知りません。何ですか、それ」

「えーと、生きる為の基本なんだけど……そもそも、生きる為にはどうすればいいか知ってる？」

「とにかく二つ、目があればいいんでしょう？」

だから、とにかく。四目とか、五目とか、地になる部分があればいいんだよね。その頃の私は、そんなふうに思っていまして、んだもんで、ぼろぼろ落ちるんだよね、私の石。

「ま……そうなんだけれど……〝中手《なかで》〟って、判る？」

「判りません。なんですか、それ」

「ああ、えーと、その……じゃ、いいや、まず、六死八生の説明からするね……」

かくして、高段者の方は、私に〝六死八生〟の説明をしてくれ、これで初めて私、〝欠け眼《かめ》〟っていうものを理解し……。

えー。ここで、問題になるのは。

これが、私が囲碁始めて、半年以上たった時のエピソードだっていうことです。

そんで、私が、最初の詰碁集を買ったのは、囲碁を始めて、すぐ。

つまる処、私は、六死八生も中手も知らないまま、欠け眼って概念も判らないまま、詰碁を解こうとしていた訳です。

無理です。

これでは、〝詰碁〟、解ける訳がありません。

ああ。三年前の私に言いたい。

確かに詰碁は囲碁の勉強になるんだけれど……せめて、〝欠け眼〟が判ってからやれよー。〝欠け眼〟も〝中手〟も知らない人間には、詰碁、むずかしすぎます……。

☆

『やさしく解けるポケット詰碁180』。

今にして思えば、まったく悪い詰碁集ではありません。(実際、我が家には、この本が二冊、あるんだよね。私と旦那が一緒にやっている詰碁問題集がこれだし、それとは別に、旦那が通勤途中で、これをやっている。)

でも……これって、本当の初心者が手にとるものでは、きっと、ないと、思うんですが……。

コラム4　六死八生など

六死八生、中手、欠け眼っていうのは、死活の基本みたいなものだと思ってください。これについて詳しく書くと、囲碁の入門書みたいになっちゃうので省きますが（というか、今までのように、一手ずつ碁盤を作って書いてゆくと、ページがいくらあっても足りない）。

すっごくおおざっぱに言いますと、六死八生っていうのは、二線《にせん》（碁盤の、上下左右、どこでもいいから、下から二番目のラインね）に自分の石が並んで、上を相手の石が抑えた場合、六つ並んだだけでは死んでいる、八つ並べば生きているっていうって意味です。（じゃあ七つはどうなんだ。早いもの勝ちだ。自分が先に打てば、生きます。相手に先に打たれれば死にます。）

中手はね、「うわあい、ここ、私の地が三目あるぞー、五目あるぞー、六目あるぞー」って思っていても、形によっては、大変危険だって話です。中手になる形って決まっていまして、その形になって、相手がその石の団体さんの中に打ち込んでくると、死んでしまうケースがあります。（コラム3で引用させていただいた詰碁の問題1が、そういう形ですね。あれ、白から打てば、三目中手で黒死にます。）

欠け眼は、本当は目じゃないのに、目だって錯覚してしまう形。(いえ、錯覚するのは、初心者だけなんですけれどね。級位者でも上の方になれば、すぐ判るんですが。)石は、縦と横は繋がっているけれど、斜めは繋がっていないんです。だから、斜めのポイント二ヵ所に、相手が石を置いてきたら、それは目じゃない。けど、初心者の頃は、これが目だって誤解をして、とても酷い目にあいます。「えー、私のこの石、絶対生きていたと思っていたのにー。なのに、なのに、なのにあなたは死んじゃうの?」って。

と、まあ、そんな感じで、死活がよく判っていない初心者が強い人と対戦すると、自分の石がぼろぼろ落ちるという、とても哀しいことになります。

●○　初心者の詰碁　3

詰碁と言えば。思い出すとしみじみ自分が愛しくなる、そんな詰碁の思い出を一つ。

それは、私が囲碁を始めて、本当にすぐの頃でした。年末にホームパーティで、八人の初心者の一人として囲碁を始めた私、翌年の年賀状を見て、顔をほころばせます。私と同じく、ホームパーティで囲碁を始めた方の年賀状が、何か、とっても、可愛かったんです。わざわざ手書きで、干支の未（羊）をモチーフにして、白い子と黒い子が、ある程度規則的に並んでいて……あれ、これは、ひょっとして詰碁？

さっそく、旦那と二人で、この年賀状を碁盤に移しかえて、検討。ここであーきて、そしたらこーきてって色々やった結果、なんとか正解らしきものを導きだせて。

お正月休み中に、御近所に住むこの方が、ホームパーティとは別に我が家に遊びに来てくださるって聞いた時には、なんだかとっても嬉しくて、わざわざ碁盤を用意して、その詰碁の図を並べておきました。そんで、新年の挨拶が終った処で。

「ねえ、あの年賀状は、詰碁なんでしょ？」

「あ、判ってくれましたか」

「そんで、答が、これ」

ジャーンって感じで、ぱちんと碁盤の上に石を打った私達に対して……なんか、その方の反応が……変だったんですね。

「……え……？」

「えって……違うの？　だって、こう置くと、こうきて、こうくると、こうきて、こうきて、こうきて……」

「……ああ……確かに……生きちゃいましたね、石」

「生きちゃいましたねって、これ、間違ってるの？」

「いや、ごめんなさい、そう言われると僕にもよく判らないんです。年賀状にしようと思って、手持ちの詰碁集の中で石の数が少ない奴選んで、それを描いた訳なんですが……えーと、でも、ね、その正解手順は、こうだったんです」

示された正解手順は、確かに私達がやったものとはまったく違っていて……。

「ここまで手順が違うっていうか、そもそも第一手が全然違うっていうのは……私達のだした答が間違っているっていうこと……だよね？」

「そうなんでしょう……ね……」

「と、いうことは、私が今やった手順だと、この石、死ななきゃいけないってこと?」

「……に、なりますね」

で、あとは。三人して、〝どうやればこれが殺せるのか〟をひたすら考え続け。あ、お正月休みに遊びに来ていただいて、御馳走らしきものを作ったり、お酒も用意したっていうのに、いつの間にか、それどころじゃない話になってしまっている。御飯そっちのけ、用意したいいお酒だって出したか出さなかったか記憶にない、そんな調子でずーっと碁盤を囲み続けて、それでも、どうやっても、判らない。

結局その話題だけでその日は終わり、お客さまはお帰りになり、私は後片付けをすませて……夜中の十二時をまわった頃、私は、この人からの電話を受けることになるんです。

「素子さん、判ったと思います!」

真夜中の電話。私も電話の相手の人も自由業ですから(そんでもって結構夜中に仕事してますから)、この時間帯に電話をするのは、非常識な話ではありません。でも、うちの旦那はサラリーマンだし、なんとなく世間一般の常識にのっとって、普段は夜十時を越したら、お互いに電話をしないようにしていました。その抑制が……ふっとんじゃったみたい。

っていうか。

「え、あの詰碁のこと？　あれから……三時間はたってるよ？　まさか、家帰ってから三時間……」

「ずっと考えてました」

……す……凄い、情熱だ。片付け物をしていた自分が、何か恥ずかしくなるくらい。

「それで、今そこに碁盤あります？」

「あ、その前に、これ、コードレスじゃ、ない。碁盤の前に行って、電話の子機持ってきて、折り返しこっちから電話するわ」

「すみません、お願いします。こっちも碁盤の前で待機します」

いやあ、こうして文章にしてみると……なんか、凄いですよね。まるで緊急の大災害か我が家がERみたいだ。

私は即座に碁盤の前にゆき、問題の詰碁を並べて、折り返し電話。

「はい、碁盤の前にすわりました。問題の図も並べてます」

「で、素子さん達が考えた、問題の第一手は、碁盤の一番下の線を一とした場合の三つ目の線上にある、えーと、今度は碁盤を無視して石だけ見て、左、から数えて三つ目の白石の隣に打たれた訳ですよね、そして、それに対して白は、その石から見て……」

以前、〝棋譜並べ〟の原稿を書いた時にも、思ったのですけれど。

仮にも囲碁の話を書いていて、この、〝書き方〟はないだろうって御意見が、おありなのではなかろうかと思います。〝三線〟とか〝四線〟とか、場所の特定をできる言葉がある訳だし、いや、もっと言っちゃえば、普通、碁盤の上のポイントは、数字で特定ができる筈。それに、〝右斜め上いっことんで〟なんて言い方をしなくても、〝ケイマ〟とか、用語っていうのがある訳だし。

ですが。この頃の私達は、そんな用語をまったく知らなかったので……〝ぐずむ〟とか、〝放り込む〟とかって言葉を知らずに、数字で場所の特定もできずに、それで詰碁の石の位置を、しかも電話で説明しようと思うと……これは無茶苦茶難儀です。

「ああ、はい、置いてみました」

「そこで、ですね、今まではこの石、とっちゃいましたが、とらずに、碁盤で言う処の左から数えて……」

……変な言い方になりますが。

思い返すだに、とっても愛しいです、私、この頃の私が。この頃の初心者達が。

物心ついた頃から段持ちだったプロの方を、私は心底羨ましく思うのですが、このエピソードを思い返すと、プロがあんまり羨ましくなくなります。だって、こんなに必死で、訳判らなかった時代のことを覚えていないのって、あるいは、訳判らなかった時代がないのって、ある意味、つまらないと思うもの。

これがまあ、素人の醍醐味っていうもんです。

●○　夫婦で囲碁

話はまったく変わるのですが。

うちでは、私と旦那が囲碁をやっております。しかも、棋力が、大体の処、似たりよったり。

んで、これが、私の自慢。

うん。夫婦で囲碁をやっている人は、かなり沢山いらっしゃるのかも知れませんが、棋力がつりあっている人は、なかなかいないと思うぞ。

☆

我が家のホームパーティで囲碁がはやり、いきなり八人の初心者ができてしまった、そんな話を、前に書いたと思います。んで、その、八人のうち、一人は勿論私で、そして、もう一人が、うちの夫だったのでした。

つまり。

私と旦那は、まったく同じ時に、まったく一緒に囲碁を始めて、まったく同じように棋力が伸びている。

ちょっと、凄いことなんです、これ。ちょっと自慢したくなることなんです、これ。

☆

同じ程度の棋力の相手が、同じ家の中にいる。

これはもう、筆舌に尽くしがたい程有利なポイントです。(……ああ……それを考えると、私も旦那も、もっと強くなっていなくちゃ、嘘なんだわ。いかん、もっとがんばらなければ。)

だって、〝勉強〟するのに、こんなに有利な条件は、なかなかないってくらい、有利尽くしなんだもん、これ。

今まで、〝棋譜並べ〟と〝詰碁〟の話を書いてきましたが、この二つ、実は、私、旦那と一緒にやってきました。それが、どんなに、お得だったか。

〝棋譜並べ〟の場合、普通だったら一人で黒も白も並べます。でも、人が二人いれば。

「私が黒やるから、旦那は白よろしく」ってな分業が可能で、これをやると、同じ棋譜を並べているんでも、感情移入が可能ですから（どうしたって自分が並べている方を応援したくなる）、機械的に石を並べるのに較べると、熱中できる。その上、「え、どうしてここじゃなくて、そっちに打つんだろう」「それはやっぱりこっちのことを気にしてるんじゃ」ってな感じで、打ちながら検討までできてしまう。（その〝検討〟が正しいかどうかは、まったく別の話です。）

ましで、〝詰碁〟なんか、「〝黒生き《くろい》〟で私が黒やるのね。じゃ、旦那は白よろしく」ってやると、お互いに〝勝手読み〟が殆どなくなる。（勝手読みっていうのは、自分の頭の中だけで、「黒がここに打つと白はこうするだろう、その場合次に黒はここに打って……」って決めつけてしまい、間違っているのに解けた気分になっちゃうこと、です。）棋力がつりあっているので、私が下手な〝勝手読み〟をやってしまうと、それを全部旦那が粉砕してくれる訳です。（逆もあり。）

しかも、初心者の場合、何かとんでもない処に打つ可能性が結構高くて、二人で詰碁をやっていると、これも全部潰れる。（あまりにも変な処に第一手が打たれた場合、詰碁の本は、それに対応していないことが結構あるんです。非常識な手を打たれると、本にはそんな例が載っていない、打った人間は勝手読みをする、対応を間違うとそれで何とかなっちゃうケースが、結構あったりする。）

ああ、二人で、囲碁やれて、嬉しい。

ここでまた、いささか時間をとばして。囲碁始めて半年くらいたった頃、私と旦那は、囲碁教室に通うことになりました。そこでまあ、新たなお友達ができたり、色々あるんですが、その〝色々〟は、この先書くとして、一言いいたいのは。

囲碁教室には、様々な方がいらっしゃいました。

最初、通いだすまでは、〝囲碁教室って、年配の男性ばっかりじゃないのー?〟って、私は思っていたのですが、そんなことないのね。若いお嬢さんもいるし、子供もいるし、若い男性もいるし、年配の女性もいる。(まあ、勿論、一番多いのは、やはり年配の男性なんですけどね。)

んで、年配の女性の場合、旦那さんが囲碁をやってらっしゃる方が割といらっしゃったんですよね。しかも、旦那さんが、強い。二段、三段あたり前、それ以上って方もいる。

これを聞いた瞬間、私、とても羨ましく思いました。

だってねー、級位者にしてみれば、段持ちなんて、も、夢で憧れですよ。(まして、当時の私は十五級くらいだもん。)そんな人が、家に、いる。常時、いる。ということは。

「いいなー、家で毎日、旦那さんに打って貰える訳なんだー」

「あ、それは絶対ない」

「え、何でですか？　だって、旦那さんは段持ちなんでしょ？　段持ちに毎日打って貰えたら、それはどんなに勉強になるか……」

「かも知れないけれど、駄目。だって、旦那ってば、私がお友達と打っていたり、勉強していたりすると……脇を通る度、〝ふっ〟って、鼻で笑うのよ。勿論、私のことも私のお友達のことも、言葉にして莫迦にしたり笑ったりしたことなんかない、でも、通りすがりに〝ふっ〟って笑われるのは……」

……それは……嫌かも。とても、嫌かも。むしろ、言葉にして莫迦にされた方が、ずっとましかも。

「あの人に、私達を莫迦にしようとしている意図がないのは判る、でも、通りすがりに鼻で笑われると……」

「それは……辛い、です、ねえ」

しかもまた。旦那さんの気持ちも、なんだか判るんだよね。初心者があんまり変なことをしている囲碁盤の前をとおり、その手順を見てしまえば、これは、ついつい反応してしまってもしょうがなく、結果として、鼻で笑っているような風情になることもありがちのような気がして……。

はい。そういう意味でも。

棋力がつりあっている私達夫婦は、結構珍しい例で、自慢してもいいと思います。

ただ。

☆

こんな私達ですが……囲碁をちゃんと打つことは、今では滅多にありません。詰碁や手筋、棋譜並べなんかを主にやっていて、打ちたい時は、〝何手まで〟って決めて打ち、勝敗がつかないところで感想戦やってます。

と、いうのは。

夫婦で一緒に囲碁の勉強をするのは楽しいのですが……夫婦で対局をしてしまうと。もの凄い確率で、夫婦喧嘩になってしまう……ということが、経験上、判ったからです。

過去、私と旦那は、何回も対局をしました。そんで、その経験をふまえ、「対局はしない方がいいかも」って結論を、出したのでした。

問題は、多分、〝勝敗〟ではありません。

過去、私と旦那は、夫婦で麻雀をやったり、ポーカーをやったりって、勝負ごとは何回もやっていた筈なんですが、一時は、旅行には〝ダイヤモンドゲーム〟なんか持っていって、それをやるのが旅先の楽しみって風情になった時期もあったのですが、それでも、喧嘩は、発生しませんでした。あたり前ですけれど、私も旦那も大人ですから、ゲームで負けたからって（そりゃ、負けると口惜しいですから、ちょっとは〝むっと〟しますけれど）、怒ったり、まして、相手に喧嘩ふっかけたりは、しなかったのです。

それが。何故か。囲碁の場合だけ。

負けると、もの凄く口惜しいです。むっとします。ま、ここまでは、例えばダイヤモンドゲームで負けた時とそんなに状況は変わらないのですが……ですが、何故か。何故か、囲碁の場合だけ、この先、喧嘩になってしまうのです。

☆

まあ、麻雀や七並べやポーカーで負けても、むっとするだけで喧嘩にならない理由は、何となく、判りますね。これらのゲームは、最初にどんな手札が配られたかが結構大きな問題で、そう、つまり、〝運〟というものが、勝敗の要素のうち、ある程度の部分を占めているからです。(勿論、麻雀だってポーカーだって、強い人は強い。運以外の要素もある筈なんですが、でも、〝運〟という要素がはいってくることは、否定できない。)

その点囲碁は、〝運〟という要素が入る隙間がない。これだけで、喧嘩になる要因は特定できたような気もするんですが……でも、私も旦那も、負けたからって即座に喧嘩を始める程、子供じゃないと思っています。(実際、ダイヤモンドゲームじゃ、喧嘩にならない訳だし。)

多分。根本原因は、〝感想戦〟だと思います。(改めて並べかえしてみて、この手がよかった、この手が敗着だ、なんて検討することです。)

囲碁の場合、終った処で、ほぼ確実にこれをやります。で、これをやると、負けて口惜しい側は、どんどんその口惜しさを刺激され、勝った側は、なんか、微妙に、どこかに優越感がでてきてしまう。

勿論、他人と打っている場合は、そんなことありません。(いや、あるのかも知れませんが、双方共に大人ですので、それを問題にしません。)ですが、夫婦の場合、この微妙な口惜しさと優越感が、即座に夫婦喧嘩に結びついてしまうのでは……。

それに実際。聞いてみると、「喧嘩になってしまうから」っていう理由で、碁を打たない御家族が、かなりいらっしゃるのですね。

せっかくの共通の趣味なのに。むずかしいもんだよなあ。（とはいうものの、こう書いといて何なんですが、私は家内安全の為にも、絶対旦那と碁を打たないと思う……。）

●○　五人の級位者

さて、またまた、時間を戻します。

ゲームボーイアドバンスの『ヒカルの碁』ソフトで囲碁を始めた、我が家のホームパーティ出席者、八人の初心者ですが。やがて、実際に碁を打てる人に、ホームパーティに参加してもらえるようになり、これでようやく、我が家のホームパーティの囲碁、形になりました。

前にも一回書いたと思うんですが、何せこの八人の初心者、全員ゲームボーイの『ヒカルの碁』ソフトでしか碁を打ったことがなかった訳です。んで、そんな完璧初心者が切磋琢磨《せっさたくま》していても……これはもう、上達するとかしないとか、そんなレベルの話じゃなくて、どうすればこの一局が終わるのか誰一人として判らない、そんな凄まじい状態を続けるしかなかった訳です。それが、打てる人が一人はいると！　それだけで、一応、碁になる！

当時、割とよくうちのホームパーティにきてくださったのは、八級だったYOさんと、初段だったAさんで、なんか、今思い返すと、このお二人には本当に申し訳ないことをしてしまったような気がします。とにかく、八人の初心者にひたすら碁を教えさせていたーって感じで。（勿論、一番申し訳ないのはAさんだったと思うんだけれど――なんせ、我が家について、お茶だのビールだのをひとくち口にしただけで、あとはひたすら生徒志願者が碁盤の前にすわり続けていた訳だから――、YOさんにも申し訳なかったと思います。YOさんの気持ちとしては、多分、Aさんに打ってもらいたかったんだろーなー。どう考えても、級位者以前の初心者とひたすら打ち続けるよりは、初段の人と打ちたかった筈だよね。けど、Aさんの前には初心者が群をなしていて、YOさんの前にも、初心者が列を作っている。結局、初期の頃は、このお二人が対戦することって、殆どなかったと記憶してます。）

ああ、思い返すと懐かしい、この頃のホームパーティの私達初心者の合言葉は、「打倒、Aさん！」でした。井目おいているのに、勝負になんかなる訳がない、そもそもの凄いいきおいで大石を殺してしまう、そんなAさんを打倒するのが、合言葉。

ああ、懐かしくて……思い返すと、更にしみじみ申し訳ないなあ。わざわざ囲碁を教えにきてくれただけでもありがたいのに、「Aさんを打倒するのが夢だ！」って言われ続けただなんて……ごめんなさい、ごめんなさい、Aさん。（あ、今でも、まだ、私達はAさんには勝てないんですけれど……一応、五子で打つ人、定先《じょうせん》で打つ人なんかになってきて、進歩はしているよな。でも、四年たっても、まだ、互先《たがいせん》で打つ人はいない訳で……がんばろう、私達。あ。定先っていうのは、ハンデの石を置かずに、弱い方が無条件で黒を持たせてもらうこと。先に打つ方が有利なんです。互先は本当の互角で打つこと。どっちが黒を持つか〝にぎり〟というもので決めます。互先で打つ場合は、勝負が終わって石を数える時、白に六目半をたします。これをコミといいます。そのくらい、先に打つ方が有利です。六目半のコミがつくので、引き分けはありません。）

　ですが。ここに来るまでの間に、囲碁をやめてしまう人もでてきて、ふと気がつくと、八人の初心者は、五人になっていました。

　いえ、もう、この時期で、囲碁始めて、半年以上たっているのですから、この時期のこの人達――ないしは、私――のことを、〝初心者〟っていうのは、やめましょう。

　この時期、〝何級って言っていいのか、自分でも判らない級位者〟が五人、我が家のホームパーティには、いた訳です。

　この時期に。今から思うと、エポック・メイキングなことを、二つ、私は、対Aさん戦で経験しました。

まず、その一。

なんかちょっとうまく打てて、「お、これは。初めてAさん相手にいい勝負になったのかなー」って、思った碁がありました。(……いえ……地合《じあい》的には——取った地の数では——、負けてるんですけれど、Aさん相手の場合、大石《たいせき》が死なきゃいい勝負って気分だったのです……。)

うん。左下の石は全部つながって、それなりの地を稼いでいる、左上もちょっと大きい地だよね、そのかわり、右辺はみんなAさんに取られちゃってるけど(この辺でもう負けてるよな)、中央部で、Aさん地に囲まれながらも、ぎりぎり生きている私の石の集団がある。うん、一、二、三、四、五、いつつ空間があるんだ、これは生きているよね。OK、OK、今回、死ぬ石はないな。

ところが。そんな私の思いをよそに、Aさんは、五目ある私の地の中に、いきなりすたっと石を置いて……。

え？　この石、何？　だって、ここ、五目あるんだよ？　私、この石、取るよ？　Aさん自殺？

なんて思って……石を取ろうとして、私が石を置いてみたら、Aさんもまた、石を置いて……あれ……あれ……あれれ？　この石、取れないじゃん、いや、取れないどころか、こっちが死んじゃう……。

「この形を、〝五目中手《ごもくなかで》〟って言います」

☆

その二。

この時、私は、初めてAさんの石を、下隅で殺せそうになっていたんです。いや、そんな気がしたんです。Aさんの石を、私が、取る。それも、一個や二個じゃなくて、団体の石を、私が取る。これはもう、初体験で、嬉しくて嬉しくて、わくわくと私は、その場に臨みました。うん、Aさんの石には二眼作るスペースが絶対的になくて、その上の方を囲っているのは私の石だ。わはははは－。やった－、やった－、やった－。あ、でも。これ、私の方から、つめるとまずい？　ということは、Aさんがここに石をいれるのを待って……待って……。

「終わりですね」

待っているのに！　Aさんは、そこに石をいれてくれずに、こんなことを宣言します。んで、私はそれに納得できなくって。

「え、だって！　まだ、ここがあります。ここにダメがあいているんだから、ここに石をいれてください」

「でも、そこに石をいれると、僕の石が死んでしまいます。もし、石をいれるんなら、素子さんの方から」

「でも、そこに石をいれると、私の方が困ります」

「はい、そのとおり。という訳で、ここは、僕も素子さんも、石をいれてはいけない場所だっていうことになります。これが、〝セキ〟です」

☆

中手とセキ。本で読んでいる時には、まったく判らなかった概念が、説明を聞くだけではよく判らなかった概念が、あんまり口惜しかったので、瞬時に納得できてしまいました。（と、いう訳で。説明、やめときます。実戦でめぐり合うと、感動するよー。）

おお、エポック・メイキング。

と、まあ、そんなことやあんなことがあったあとでも。

私達、五人の級位者は、切磋琢磨します。切磋琢磨し続けました。

個人的に私は、Aさん相手に、五目中手とセキを経験した処で、なんか、目から鱗が落ちました。それもまあ、ぼろぼろと。この時初めて、私、〝頭〟じゃなくて、〝気持ち〟で、石の生き死にが判ったような気がします。

そんで。〝気持ち〟というか、生き死にが〝感覚〟で判ったおかげで。

「おお、『詰碁』っていうのは、単なる数理パズルじゃなくて、『生き死に』の問題なんだな」ってことが肌で理解でき――この理解が私に与えた影響は、とても、とんでもなく、大きかったです。

というのは。この瞬間に私、詰碁が大好きになっちゃったんですね。それまでは、一種のパズル、勉強だと思ってやっていた〝詰碁〟なんですけれど、この瞬間から、詰碁は私の趣味になってしまいました。

☆

えーと。話を戻して。

私達、五人の級位者は、切磋琢磨します。それも、自分に一番適した方法で。

「○○さんは、ネットで囲碁打てる人をみつけて、教えてもらうことにしたんだって」

「××さんは、もう、囲碁の本、七冊くらい、読んだらしいよ」

「△△さんは、地元の碁会所《ごかいしょ》に行ってみたんだって。そんで、そこによく行くようになったらしいよ」

だああっ。みんな、みんな、がんばってるなあ。
○○さんは、ネットで……。
けど……私は……ネット碁は絶対打ちたくない。（というか……あの、私、パソコンやネット上の囲碁って、駄目なんです。うちのパソコンに問題があるのか、マウスに問題があるのか、私自身に問題があるのか、ネット碁をやっていると、必ず、必ず、私が打った手は、一局につき一回や二回、一路、ずれてしまう。）

自分が下手な手を打って負けたのは納得できるけれど、カーソルがずれて、マウスがいうこときかなくて、それで打とうと思った処から一路違う処に石がきちゃって、それで負けるのは……なんか、ちょっと、あまりにも口惜しすぎると思いませんか？

××さんは、囲碁の本を、もう七冊も……。

私だって、本を読むのは得意なんだけれど、囲碁の本は、碁盤が頭の中にないとなかなか判りにくくて……これはもう、ちゃんと読むのが、とても、やたらむずかしいぞ。

△△さんは、地元の碁会所に……あう、これが一番、辛いよな。私は、社交性がゼロなもんで、地元の碁会所になんか絶対いけない。だって、碁会所って、なんか、ちょっと、怖いんだもん。そんな勇気なんかない。

☆

と、こんなことを思っている私に対して。ある日、ふいに、旦那が言ったのです。

「明日さあ、信濃町で待ち合わせじゃない？　それ、ちょっと前の時間に、市ヶ谷で待ち合わせにしない？」

市ヶ谷で待ち合わせ。

その日は、私と旦那、神宮球場で野球を見る予定になっていて、その場合、信濃町が待ち合わせに最適なのですが、まあ、市ヶ谷だって、駅がちょっと、ずれるだけだ。だから市ヶ谷待ち合わせにしたのですが……。

待ち合わせの市ヶ谷駅で落ち合うと、旦那は、どんどん、私の肘を摑んで、歩いてゆく訳です。

「えーと、この改札を出て、この角を曲がって坂をあがってゆくと……おお、あった！」

「え、何が？」

「日本棋院！」

あ、ほんとだ。市ヶ谷の駅から、坂をあがってゆくと、本当にあるんですね、日本棋院。(……いや、あってあたり前でしょうっていうか、なくてどうする、日本棋院。)

「ほんとに『ヒカルの碁』に描いてあるのとおんなじだね、日本棋院」

「うん、だろう」

「で、日本棋院を私に見せてくれたかったの？　そんでわざわざ、市ヶ谷待ち合わせにしたの？」

「違う。いや、そうなんだけれど、根本的な処で、違う」

「……は？　というと……？」

「他の連中が、みんな、囲碁の勉強をしているじゃない。そんで、俺達だって、あいつらに負けずに囲碁の勉強をしたい。けど、ネットは苦手だし、そんなに本読める訳でもないし、碁会所は敷居が高いとなると……」

「どうしようも……ない、よね？」

「いや、ここで。〝どうしようもなくない〟って思うんだ。そんで、俺達と、他の連中との間で、俺達の方が有利なことっていったら、何だ？」

「……え……」

「俺達には、子供がいない」

おお、確かに。

「しかも、共稼ぎ」

うんうんうん。

「ということは、趣味につぎこめるお金が、普通の夫婦より多いっ！」

成程。

「そんで、ちょっと調べてみたんだけれど、日本棋院には初心者相手の囲碁教室があって……」

「旦那」

ここで、私、にやにや笑い。

「違うでしょう、それ。……確かに、うちには、多少は自由になるお金がある。でも、それなら別に、地元で囲碁教室に通ってもいい訳だよね？　そんで、旦那が地元の囲碁教室を選ばずに、あえて市ケ谷までやってきたのは……」

ここまで言われてしまうと。旦那は、なんだか憮然とした表情になり。

「ああ、そうだよ、俺はブランド志向だよ。だから、囲碁における最高のブランドとして、日本棋院を選んだんだよ。なんか文句あるか？」

いえ、ありません。

あ、この原稿を読んでいる人には、あるいは、文句が、あるかな？ 私には社交性がまるでないから、碁会所に行けなかった。そう書いた前の文章と、矛盾しているじゃないかって。でもそれは……ひとえに、旦那が、いてくれたから、です。

はい、一人じゃ怖くて行けない処でも、二人なら。これは、何とか。

……んで。かくて。私と旦那は、日本棋院の囲碁教室に通うことになったのでした……。

●○　聞き違い

えーと、この先、囲碁教室についての話を私は書くつもりなんですが、それを始める前に。ちょっと、この時期だけの笑い話、この時期だからこそおこった、そんな〝聞き違い〟エピソードを、書いてみたいと思います。

☆

それまでは、私も旦那も、囲碁の勉強は主に本でやっていました。ということは、つまり、文章で書かれたものを、目で読んで、それで納得する訳ですね。

ところが。囲碁教室に通うことになると。

当然、先生もいますが、生徒さんもいます。というか、先生一人に対して、生徒は十数人から数十人いるのが普通の教室です。どう考えたって、生徒の方が、先生より多いです。だから……〝教えてくれること〟じゃなくて、なんか、小耳にはさんでしまうことが多くて……。

そして、書かれたものを〝目で見る〟んじゃなくて、情報を、〝耳で聞く〟と。

意外に莫迦なことを思ってしまうものなんです……。

☆

まずね、〝たけふ〟。

これは、絶対切れない強い形なんですが……私、この文字を、教室に通いだす前にどこかで見たような記憶があるのですが……旦那は、どうも、教室に通うようになって初めて、〝たけふ〟という言葉に接したみたい。

そして。それが、旦那の耳にどう聞こえ、それが頭の中でどう発酵したのだか……。

「強い形か」

そう思った旦那は、この言葉を聞き違っていて……。

この時期、時々、旦那と打っていて、「あれ?」って思うことが、ありました。旦那は私と打つ時は結構独り言を呟《つぶや》くので、聞いていると、あれ? あれれ?

「ここは……切られるとやばいから……カケフか」

「よし、ここは絶対カケフだっ！」

……？　ちょっと疑問だったもので、私は、ある日、旦那に聞いてみました。

「ねえ……カケフって……」

「強い。切れない。うん、掛布だ」

えーとこれは……阪神ファンの旦那の冗談……だよ、ね？　一時はそう思った私なのでしたが、どうも旦那、他人と打っている時も、タケフのことを〝カケフ〟って言っているという事実が判り。

「ちょっと待て、旦那、それは、〝タケフ〟だ！　英語で言うと、バンブー・ジョイント！　竹なの、竹！」

「え……？」

この時。ほんとに旦那は、狼狽《ろうばい》してました。ほんとにこの人、タケフのことを〝カケフ〟だと思っていたらしいんです。強い形、切れない形、それは掛布だって。

「……じゃあ、何か、囲碁には、〝バース〟だの、〝岡田〟だのって形も、あるんか？」

「……いや……それは聞いたことがないけれど……」

昭和六十年の阪神優勝を心から喜んだ阪神ファンには、こんな人がいるんです……。

さて、今度は、私の話。

☆

「コウダンシャの方に教えてもらったんだけれど」

「この間、碁会所でコウダンシャの人に聞いたんだけれど」

授業が始まる前、教室では、生徒達がおしゃべりをしています。そんで、聞くともなしにそんな話を聞いていると……なんか、とてつもない頻度で、話の中にでてくるんですよね、〝コウダンシャ〟の人。うん、話だけを聞いていると、殆ど、どんな碁会所にも、いるみたいなんですよね、〝コウダンシャ〟の人。

はい、今の私なら、判ります。

これは、〝高段者〟の人なのであって、すべての碁会所には、級位者の人がいたり、低段者の人がいたり、高段者の人がいるんですよね。

ですが。

当時の私は、囲碁を始めてまだ半年くらい、んでもって、作家として仕事を始めてから二十年はゆうにたってる、しかも、両親が講談社勤務の編集者だった！

もう、お判りでしょう。

私の、脳内辞書は、碁会所にいる〝コウダンシャ〟の人を、出版社である株式会社講談社の人間だって、変換してしまったのです。

ま、そりゃ、ね。

私が通っている囲碁教室は、日本棋院。ということは、地下鉄でいうと、市ヶ谷。そんで、株式会社講談社は、地下鉄でいうと護国寺にあって、御近所って言えば、とんでもなく御近所だよなあ。市ヶ谷にある囲碁教室に通う人の行きつけの碁会所に、護国寺に会社がある人が、やたらいたって、それはまあ、おかしくはない、わ、なあ。でも。けど。よく考えるとこれはもう、もの凄く、変です。変としか言いようがありません。

だって、この思い込みから発生する事態と言えば……。

「講談社です」

「私は、角川書店です」

「中央公論新社です」

なんて、自分が所属している企業の名を言いながら、碁を打っている人が……いる、のか？

しかも。「〝コウダンシャ〟の人に教えてもらった」人は、とっても多数いるのに、集英社の人に教えてもらった、だの、岩波書店の人に習った、だのって話が一向に聞こえてこず……何をやっているんだ、講談社。

とにかくやたら碁会所にいる。ひたすら碁を打っている。そして、人を教えている。

いやまあ、囲碁好きとしては、とてもありがたい人なんですが……でも……けれど。

出版社としては、これ、いかがなもんなんだよっ！

そんなんで、出版社として、やってゆけるのかよっ。大丈夫なのかよ、講談社。

☆

〝コウダンシャ〟が、高段者であり、講談社じゃないと判った瞬間、私は、非常に反省しました。講談社の人、ごめんなさい。

いやあ、これは、耳で聞いているからこそ、発生する誤解でした。

ごめんなさい。

コラム5 タケフ

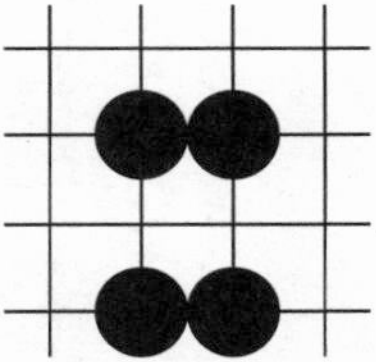

①タケフってこんな形です。
何でこれが絶対切れないか、
って言うと……

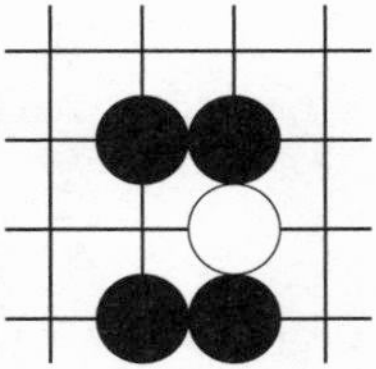

②白がこう来たら

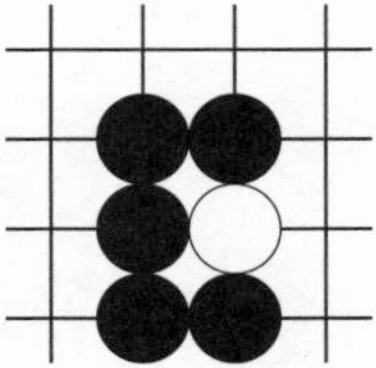

③……こう。

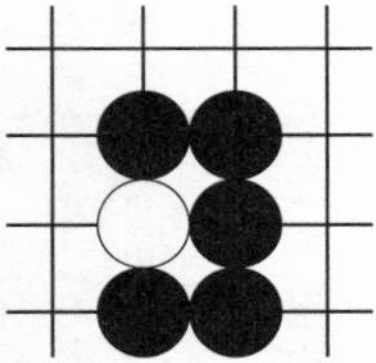

④白がこう来たら
……こう。
かわりばんこに打つというルールがあるので、絶対に切れません。そして、何故この形がタケフなのか。続いている状況を想像すると判ります。

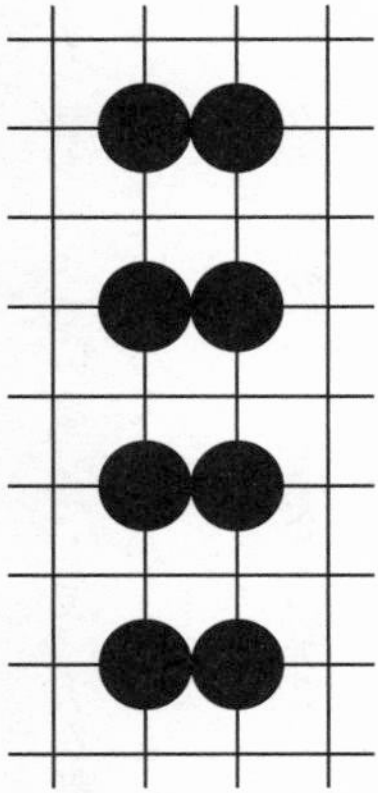

⑤……竹っぽいでしょ。

●○　初めての囲碁教室

　さて、生まれて初めて囲碁教室に通いだした私と旦那だったのですが、実は、この時期だけ、先生の方も、初めて初心者の生徒を教えていた、みたいなんです。

というのは。それまで初心者向けに教えていらした先生が急遽やめることになり、次の先生が教室を担当するまでしばらく時間があり、この時期は、代行の先生が、かわりばんこに何人かたっていたのでした。（という事情を、あとで私は知りました。当時は、なんかころころ先生が変わるなーって思っていました。）

だもんで、なんか、今思うと笑える話があったりします。

　私達が通いだした最初の授業で、先生、開口一番、まず、こんなことを仰ったのです。

「みなさんの棋力がよく判らないので、ちょっと聞いてみたいのですが、どんな棋風がお好きですか？」

……え……え……おい。私の参加しているクラスって、初心者向けだよね？　〝棋力〟が判らないって、「どんな棋風が好き」って、そんなもん、初心者に聞くなー。（〝棋力〟がまったくないのが初心者だってば。）

クラスはしーんとします。そこで、先生、慌てて。

「そうむずかしく考えなくても、みなさんのお好きな棋士の先生をあげてみてください。みなさん、どなたの碁がお好きですか？」

……しーん。あの、これも、初心者に聞く質問じゃないと思うんですが。

あまりにも教室が静まりかえっているので、先生、慌てて。

「えーと、私は、子供の頃、武宮（正樹）先生に憧れたんですけれど、〝宇宙流〟、素晴らしいですよね。みなさん、武宮先生は……えーと、小林光一《こういち》先生とか……趙治《ちょうち》勲《くん》先生……」

しーん……しーん……しーん……。

〝しーん〟って擬音がその辺に物理的に漂っていそうなくらい、なんか、無言が重たかったので、ついに、生徒さんの一人が、口を開きます。

「あの……すみません、その先生達の名前……聞いたことはあるんですけれど……棋風とか言われても……」

そう。私も、まさに、そう言いたかった。

「……あ……そう、なん、です……か」

今度は先生が何かショックをうけている感じでしたが……これは、どう考えても、先生の方が無理です。そりゃ、先生は、プロ棋士になっちゃったくらいだ、ほんとに子供の頃から囲碁を始めていて、思春期になった頃には、好きな棋士や棋風は当然あったんでしょうけれど、先生の常識から言えば、好きな棋士の名前があげられないっていうのは不思議なんでしょうけれど、私達は初心者。これから、囲碁を習おうと思って、ここにいるんです。

うん。ある意味これは、日常会話ができるようになりたくて、〝日本語初心者クラス〟に通っている外国人に対して、「あなたの好きな日本人作家は誰ですか？　明治の文豪で言うと、森鷗外かな？　夏目漱石？　尾崎紅葉ってセンもありますよね」って言っているようなもので……。

多分、初心者を教えるのには、囲碁の能力とはまったく違う〝教え〟能力が必要なんでは……。

りました。

☆

さて、ところで。初めて通った囲碁教室で、私は、とてもとても感動したことがあります。

えーと、この教室、まず、先生による小一時間の講義があって、そののち、生徒同士が対局をします。（このフォーマットは、最初に通いだした頃から、先生が変わった今でもおんなじです。）

ただ、今通っている教室では、先生は、生徒同士の対局を見てまわって、局後にワンポイント講義があるのですが、最初の教室では、先生は巡回せず、かわりに四面打ちくらいで、指導碁を打ってくださっていたのですね。

そんで、教室に通いだして三回目か四回目あたりで、私にもその順番がまわってきたのです。

うわあ、指導碁。今ならわくわくする処ですが、当時の私は、わくわくどころか、「どうすりゃいいんだー」って頭を抱えてしまいました。だって、その頃の私の棋力って、ホームパーティで打ってくれる初段の方相手に、石九つ置いて、にもかかわらず、大抵どっかの大石が、それも下手すりゃ二ヵ所くらい死ぬっていうていたらくでしたから……どう考えたって、プロはアマ初段より、はるかにはるかに強い筈ですから、これ、ただ単に、私の石が全滅するだけの話では？

ところが。あたり前ですが、そんな話にはなりませんでした。

だって、〝指導〟碁。ただの〝碁〟じゃなくて〝指導〟がつくんだもの、先生は、とても優しく打ってくれ、「連絡したいよー」って言っている私の石は、全部つながらせてくれ、結果、大石は一つも死ななくて済んで……済んで……ほんとに、〝済んだ〟の、か？　この右上の孤立した地、十目以上ありそうだけど、なんか、形が、とっても嫌。断点《だんてん》ばかりで、どこもかしこも、「切ってくれ」って言ってる雰囲気。ここ……先生は攻めてこないけれど、生きているんだろうか？

と、そこで。

「この辺で終わりにしましょう」

こう言うと、先生、ざあーっと、石を崩してしまったんです！　そして。

「多分気づいていると思うんですけれど、ここの石は、このままでは、死んでしまいます」

今はもう何もなくなった、過去の私の右上の地を指して、先生、こう、仰います。

でも、先生！　先生！　私、それを教えてもらいたかったんですよお、全部崩しちゃって、これじゃ私、判りませんよお。

と。私が無言でこんなことを思っていると、先生は、そこにすたすたと石を並べていって。

「まず、ここところに黒石があって、そこに私がこう打って、あなたが」

すたすたすたあっ。ずさあっと石が崩された、何もなくなった碁盤の上に、しゃべりながら先生が石を並べていって……おおおっ、これ、さっきの形の再現じゃん！

しかも、余計な処に石がないから、判りやすい再現になってる！

「……という訳で、この形では、ここが急所ですね。まず、ここを守らなければいけません」

って、先生に教わったことを、実は私、覚えていません。つうか、なんかもう、他のことで感動しちゃって。

なんでこんなことができるんだろう。

プロって……本当に、凄い。

☆

教室での、私の席は、決まっています。（あ、いいえ、別に決まっている訳じゃないんですけれど、いつも私がここにいるもんで……教室も、回が進むと、みんな、自分が座る位置を特定してきてしまうっていうか、なんか、〝自分の位置〟ができてくる感じになります。それに、そもそも、〝私の席〟、ここに座りたがる人は、あんまりいないんです……。)

一番、前。それも、先生の、真っ正面。授業で使う大盤の、ど真ん前。

☆

最初、囲碁教室に通いだした時は、遠慮もありましたから、私、クラス全体からみて、ちょうど真ん中あたりにある席をとりました。んで……見ていると、あたり前ですけれど、なんとなく前の方から、座席は埋まってゆく訳ですね。でも……何故か、真っ正面は、あいているの。埋まってゆくのは、左前や右前の席から。

結局、この日の授業では、ど真ん中真っ正面の席は、最後まで、あいていたのでした。

そんな状況を何回か確認して、とりあえず、先生のど真ん前、ど真ん中に席をとっている常連の人はいないんだなーって判った処で、私、迷わず、真っ正面、ど真ん前に陣取りました。だって間違いなく、ここが一番見やすいんだし、過去何回か、クラス全体のなかほどの席をとった私はよく判る、近眼の人間には、なかほどの席って、ちょっと辛いんだもん。

これが、英文学だの法学だのの授業なら、近眼の人間が黒板を見にくいって、多分、あんまり問題にならないと思うんです。だって、板書って、ある程度見えれば、そして、先生が仰っていることがちゃんと聞こえるのなら、字が全部きちんと見えなくても、それはそれでOKなんですが……ですが、ものは、囲碁だよ。

碁盤において一路違うと、これはもう、意味がまったく異なってきてしまう。そんでもって、近眼の人間が、三メートル離れた処から大盤を見れば、先生が石を置いた位置、それが三線なのか四線なのか、もう、簡単に見間違ってしまう。

近眼に自信がある（裸眼視力は０・０２以下だ、まったく自慢にならないけれど、眼鏡がないと、喫茶店で向かいあった人の顔だって判りゃしない）私、そこに座る人がいないなら、そりゃ、ど真ん前にゆきます。

☆

ここに座ってみて。

何だって、みなさんがこの席を避けているのか、ちょっと判ったような気がしました。

なんか……先生に、〝私の碁盤〟を覗かれているような気がするんですよね。何か問題がでる、生徒が一斉にそれに取り組む、そんでその時、なんか先生、私の碁盤を見ているんじゃあ……。

勿論、先生が、私の碁盤を見ているのかどうかは判りません。多分、これは私の意識過剰なんだろうと思います。でも。一番先生を見やすい位置に陣取ったんだ、そのかわり、先生からみても一番見やすい位置に、私、いるんだよね。

うーむ、成程、これは……確かに……ちょっと、嫌、かも。

でも。それだけじゃなく、大盤のど真ん前の席は、肉体的な意味でも、結構辛かったんです。

自分の碁盤を見ている姿勢からすると先生と大盤は、ま横になります。(この時の教室は、大盤の前に生徒の机が横に並んでいるっていう形じゃなくて、大盤と直角に長い机が何列か並んでいてそこに自分の碁盤があったんです。)なので、大盤と自分の碁盤をかわりばんこに見ると、ほぼ九十度、首かくかくかく。

いや、講義にでているすべての人は、前を向いて先生と大盤を見る、自分の正面を向いて自分の碁盤に向き合う、そんな動作を繰り返しているんですが……うしろにゆけばゆく程、その角度、なんかゆるくなるでしょう。

一番前で。かくかくかくって、九十度の角度に、常に首を曲げ続けるのって……結構、身体的に、辛かったりします。

この弊害は、私じゃなくて、私の隣（前から見て二番目の席）に座っている旦那に、まず、現れました。

ある日。囲碁教室が終わった後。いつものように地下鉄の駅へ歩いてゆこうとした私を、旦那が制します。

「だ……駄目だ、悪い、素子、タクシー、拾ってくれ」

「え？」

「頭が……なんだこれ、もの凄く……変な感じだ。この変な感じは……この痛さは……なんなんだ、こんなの、過去、経験したことがない。間違いなく、普通の頭痛じゃない」

え、え、え、おいっ。

「救急車！　タクシーじゃなくて、旦那、救急車呼ぼうか？」

「いや……そこまでする必要はないと思うんだけれど……ああ、でも、なんか、嫌だよお、気持ち悪いよお」

そんで慌ててタクシーを拾い、タクシーの中で（すでにどんな病院もしまっている時間だったから）旦那、ゆきつけで、結構親しい間柄である、整体の先生の携帯に電話をします。電話で、旦那の症状を縷々《るる》聞いてくれた先生は、「多分大丈夫だと思うけれど、明日とにかくうちに来なさい」って言ってくれ……そんで、翌日。

「これ……なんか、首を変なふうに長時間曲げなかった？」

……曲げて……ましたね。先生を見て、大盤を見て、自分の碁盤を見て……。そんで、それを説明すると。

「ああ、囲碁かあ。そんで、ずっと集中して大盤見て、自分の碁盤見て集中してを繰り返した訳ね？　首の曲げ方が悪かったのと、集中して頭使いすぎただけ。次からは、うーん……ちょっと体を斜めにするといいと思うよ」

……一番前の席って、かくの如く、肉体的にも、結構きついです。

（あ、あと。もう一つ、この席に座ることの弊害。なんかねー、この席に座っているだけで、「あの人は強い」って誤解を人に与えてしまうんですよねー。〝ど真ん前に陣取る以上、あの人は強い筈〟って……理屈になっていないような気がするんですが、何故かそう思ってしまう人は結構いる。そんで、実際に対戦して、「あれ？」って思われても……思われても私としては困るのですが……えーと、明言しておきます。ど真ん前に座るのは、〝強いから〟じゃなくて、〝目が悪いから〟です。）

●○　お友達

囲碁教室に通うようになって。

勿論、囲碁は楽しいのですが、それ以上に嬉しかったことは、新たなお友達ができたことでした。

教室に通いだしてしばらくした頃、ちょうど私も旦那も物凄く仕事が忙しくなり、ちょっと、教室をお休みした時期があったのですね。そんで、その後、二人して、〝仕切り直しだ〟っていう気分で日本棋院に行ってみたら……新しい専任の先生ができて、教室自体がリニューアルしていたのでした。

んで、そこに通うことにしてみたら……。

「なんか、前に較べて若い子がいっぱいいるよね」

「しかも、女の子が多い」

っていう、状況になっていたのでした。

これはもう、『ヒカルの碁』の影響なのかな、私自身も、『ヒカ碁』(『ヒカルの碁』の略。結構こう略する人は多いぞ)で囲碁を始めた訳ですから、俯瞰《ふかん》して上から偉そうなことを言えた義理ではないのですが、でも、これはやっぱり、これは本当に、凄いことだと思います。

『ヒカルの碁』って、凄い作品だったんだ。

私は、自分が女性ですから、〝女の子〟が多いって事実に対して、特に何の感慨も持ちませんが、でも、女性が多いほうが、絶対に〝華やぐ〟、よね? そんでもって、どんな集団であろうとも、〝華やいだ〟方がいいに決まっています。

その上。先生が、フレンドリーな教室を目指しているのか、この教室の場合、最初に参加した人は、まず、自己紹介して、それまでいた教室のみんなに拍手でもって迎えてもらうって形式をとることになっています。

それまでは。

同じ教室に参加している人は、田中さんだか山田さんだか鈴木さんだか、まったく判らなかったのに、今度の教室では、最初っから、佐藤さんだの斎藤さんだの判っている訳です。これだけで、結構、親密度アップ。

しかも、教室も何回か繰り返していると、前にもちょっと書いたと思うんですが、なんか、座る席が決まってくる雰囲気になるんです。すると席が近いもの同士が、なんとなくおしゃべりをするようになり、なんとなく、〝単に同じ授業をうけているだけの他人〟から、〝お知り合い〟へ移行する感じになってきて……。

これは……これは……おおおおおっなつかしい、はるか昔の〝クラスメート〟じゃないかっ。

公立の小学校や中学校みたいに、お互いが近所に住んでいて親同士も知り合いだっていうクラスメートとはちょっと違う、でも、クラスメート。大学や予備校みたいに、週のうち、ほんの何回か会うだけの、でも、親しくなれる可能性を孕んだ、クラスメート。

しかも。先生は、ほんとにアットホームなクラスを目指しているんだろうなあ、年末に、このクラスでの〝飲み会〟を企画してくれて（生徒側の会費は千円で、残りは全部先生が持つっていう無茶苦茶な飲み会。ああ、この時、先生の出費はいかほどになったんだろうか……）、これでもう、一気に、親密度がアップしました。

なんか、〝お友達〟ができそうな気配……。

実際。

囲碁教室に通ったおかげで、私には、新たな知人が沢山と、お友達ができました。

それに、夫婦二人で囲碁教室に通っているせいで、そもそも、呼びかけの言葉、それ自体が新鮮だったりするよなー。

えーと、私の、〝新井素子〟っていうのは、ペンネームではなくて、実は、旧姓の本名です。只今の私の名前は、××素子。（××っていうのが、旦那の姓な訳です。）だから、教室では私、普通××さんって呼ばれていて、でも、教室には、当然、同じ姓の旦那がいる訳です。

二人が並んでそこにいる時に、私達をどう呼び分けるのか。実はこの教室には、私と旦那以外にも、偶然、同姓の女性が二人いまして、その人達は下の名前で呼ばれてました。でも……旦那を下の名前を呼ぶのは……旦那が四十男だってことを考えると……ちょっと、変、だよね。

だもんで、教室のみんなは、色々、呼び方を工夫してくださいました。

一番笑えたのが、〝夫人〟だよな。

その人は、旦那のことを〝××さん〟と呼び、私のことを、〝夫人〟って呼ぶんです。……まあ……あってます。旦那が〝××さん〟なら、私は〝××夫人〟。でも、人から〝夫人〟って呼ばれたのは、多分これが初体験。

それから、ありがちで、でも新鮮だったのが、〝奥さん〟。

旦那が〝××さん〟で、私が〝奥さん〟な訳ですね。これ、とってもありがちな呼称に思えるんですが、実際は私、奥さんって呼ばれたことが殆どなかったので、新鮮でした。(私のことを、奥さんって呼ぶのは、実は旦那の会社の人くらい。私と旦那、大学の時の同級生結婚でしたので、旦那の友達は、大体みんな独身の頃から私の知り合い。こういう人達は、私のことを、〝素子さん〟って呼ぶし、御近所の人にとっては、私こそが〝××さん〟、むしろ、旦那の方が、〝××さんの旦那さん〟になる訳です。また、旦那は、広告代理店で出版社相手の営業をしているので、旦那の仕事先っていうのが、殆ど私の仕事先とかぶっていて……私と仕事をしている会社の人は、私のことを、〝新井さん〟と呼ぶ。だもんで、私、滅多に、奥さんって呼ばれないんです。)

そんで。一番衝撃的だったのが、〝ママ〟だよな。

教室に同じ姓の人が二人いて、その二人は結婚しているっていうんで、〝××パパ〟〝××ママ〟って呼び方になり、のち、姓部分が略されて、旦那は〝パパ〟、私は〝ママ〟になっちゃったのですが……いやあ、うちには子供がいないから。まさか、こんな呼ばれ方をする日がくることがあるとは……。

それに。最初にこう呼んでくれたのが若い女性だったので、これは、のち、あっちこっちで笑い話の種になりました。

「親子三人で囲碁をやっているだなんて素晴らしい、いいお嬢さんですね」なんて誤解を招いたり、旦那が、「物凄く若い奥さんをもらったんですね、うらやましい」って言われたり。（こういう誤解した人は、〝パパ〟って呼称を、子供がいる夫婦の妻が、夫を呼ぶときの呼称だと思ったらしい。）

●○　囲碁大会

私が通っているのは、とても〝和気藹々《あいあい》〟としている囲碁教室なのですが……ここまで、〝和気藹々〟となったのには、多分、とある二つのエピソードが欠かせないと思います。

その一つについて、今回、書きたいと思います。

三年前。

うちの囲碁教室は、とある囲碁大会に出たんです。

その時の話を。

☆

「囲碁の大会に出てみたいなあ」

そんなことを旦那が言い出した、これが発端。

「ん、出たければ、出れば？」

「よし、じゃ、素子は参加ね、するとあと……」

「え、え、おいっ、ちょっと待って！　素子は参加って、それ、何よ」

「だから、囲碁大会」

「あなたが出るんじゃないの？」

「いや、十五人の団体戦だから」

「十五人の団体戦？　そんなもん、そんなもん……」

あったのでした。旦那が、日本棋院で、ビラをもらってきたのでした。

いえあの、私はね、旦那が大会に出てみたいなら、それをとめる気はまったくなかったし、お弁当でも作って、応援に行ってあげようとも思っていました。でも……自分が出るだなんて、考えてもいませんでした。

それに十五人って、あと、十三人、人間が必要になるのでは……？

「教室で、参加者募集してみようかなあ、でも……十三人は、ちょっときついか……」

って、私が参加するのは、この段階で確定かよっ。

でも。

この時の私は、まだ、旦那の情熱をなめてました。（というか、いくら何でも、大会に出てみたい人が、あと十三人もいるとは思えなかったんです……。）

「んじゃ、えーと、あと十三人、人がみつかったらね、そうしたら私も、大会に参加しましょう」

そして、これで。私の心の中では、この〝大会参加騒ぎ〟は終わった筈だったのですが……いやあ、現実っていうのは、なかなか、心の中で思うようにはいかないもんです。

次の囲碁教室で。クラスのみんなに大会の参加を呼びかける前に、当然、旦那は、先生にこれを相談します。

「この大会に出たいんですけれど、うちのクラスで参加者募集していいですか？」って。

そうしたら。何か意外な処からストップがかかったのですね。教室を運営している、日本棋院のスタッフから。

「この大会、参加者のレベルは割と高いので、このクラスではちょっと無理なんじゃないかと……」

おお、これで、大会出場っていう旦那の夢は消える。夫の夢が消えることを妻が喜んじゃいけませんが、大会になんか出たくなかった私、この時、旦那に見えないように、安堵のため息。

　ところが。安堵のため息をついてしまったのが悪かったのか。

「こっちの大会なら、ハンデ戦なので、このクラスでも大丈夫かな」

　別な大会を、薦められてしまったのでしたあっ！

　薦められた大会は、五人の団体戦。

「あ、いいよね、五人の団体戦って、ちょうどいい感じじゃない」

　旦那が、囲碁の団体戦に憧れているのは、多分、『ヒカルの碁』で団体戦のエピソードを読んだからだと思います。そんでもって、旦那本人が、中学校時代、ずっとサッカーをやっていて、ずっと十一人の団体戦をやってきたから。（んで、一応、県代表まで行っちまったんだよなー。ここまで勝ちあがると、そりゃ旦那、団体戦、好きでしょう。）

　しかも、その上。

「俺だろ、素子だろ、これで二人は選手確保できているわけだから、あと三人だ。あと十三人選手を確保しなきゃいけない十五人の団体戦に較べれば、あと、確保しなきゃいけない選手の数は三。これはもう、楽勝でＯＫだよなっ」

うー、うー、うー。
私、嫌だって……今更言えない雰囲気だよお。
そんで。旦那が。
「あと三人」
って、囲碁教室のクラスで呼びかけた処、その呼びかけに応じた人が、三人程いて
……私達は、この大会に、出ることになってしまったのでした。

☆

まあ、でも。

大会自体は、楽しかったです。

まったく知らない人と碁を打って、勝ったり負けたり……あ、これ、嘘ね、本当の処、負けたり負けたり負けたりしたのですが、これはもう、とっても、楽しかったです。

しかも、まったく偶然にも、この大会、うちの教室の先生が審判長をつとめてらしたのですね。だもんで、早々と予選で敗退したうちのクラス・チーム、その後もうだうだと会場である日本棋院に残り、大会がすべて終った後で、先生も含めて食事兼飲

み会になだれ込み……。

　ほんとに一気に、この時の選手五人は、親しくなってしまったのでした。

　それに。

　大会が終わった後、審判長である先生が仕事を終えるまで、私達はうだうだと日本棋院にいた訳なんですが……大会に出ようとする人って、みんな、ほんっとに囲碁が好きなんですね。

　私達は棋力からいって、一番下の階級にエントリーしたのですが、そこで私達にあたったチームのうち一つは、なんか非常に大所帯な団体らしく、すべての階級にエントリーしていたんです。そんで、予選で敗退した私達がうだうだしているのを見た、予選で私達を破ったチームの方が、

「うちの名人クラスの連中が、不戦勝で今、手があいているから、よかったら打つ？　あの人達、やたら教えてくれるから」

　なんて言ってくれて、棋院には碁盤は山程ある訳で、片隅で私達、アマ六段だの七段だのって人に、井目おいて打っていただいて。（……まあ……でも……これは、〝囲碁〟じゃ、なかった気もします。一手打つ度に、「それは違う」「そこに打たないで」って駄目だしがきて、その後、説明がついてきたりして……いやあ、勉強になるな

る。)

いろいろな意味で。

楽しかったなあ、囲碁大会。

この大会を経たおかげで、大会出席者は、いきなり親しくなってしまった訳なんですが、このエピソード、結構尾をひきます。というのは、これ以降、なんかうちのクラス、この大会にずっと出ることになって、すると、その時によってメンバーも変わってくる、二チーム出たこともある、こうなると、大会参加は時間的に不可能でも、途中でふっと応援に来てくれる人もでてくるし、終わればいつも飲み会だ。

この状況で、人は、親しくならない訳がありません。

☆

それから。この時の話で。

大会が終わって、私と旦那は、地下鉄に乗っていました。そして、私達だけじゃなく、囲碁教室の人も何人か、この地下鉄に乗っていて。

この時。ふっと。私は思ったことがあって、それを口にしたんです。

「こうやって、人がいっぱいいるじゃない、私最近、これがみんな碁石の感じになるのー。たとえば、そのドアの側に男性が一人立ってるじゃない、後ろに女性が二人並んでて、それを挟むように男性がいる。その男性の向こう側には女性が何人かいて、ここで、駅について、ドアが開く。そこでこの人達がおりずに、ドア脇の男性の隣に、新たに女性がはいってくると……あの男性、切れるよね？」

……何を言っているんだか。でも、この私の台詞、瞬時にうけられてしまったのでした。

「え……ああ、あ、切れますね、確かに！　あの人の隣に女性が来たら、これは、切れる。しかも、シチョウアタリにいるのは女性だ」

「ね？　とすると、あの男性、取れちゃうんじゃないかと……」

「取れます。シチョウじゃなくて、ゲタでも取れます」

「え、ゲタって……うわ、本当だ、ゲタで取れるわ、この人」

「ということは、この人は絶対取れる訳で、この人が絶対取れるってことは、その側に座っている男性三人……」

「あっ！　抜けるわ、これ、絶対取れる！」

……って……私達は、一体何を話しているんでしょう。（つうか、地下鉄に乗っている無関係の乗客を取ってどうするんだよ私。）

ただ、この時期の私は、二つの種類のものが並んでいると、それが全部碁石になっちゃう感覚があって……私の、この無茶苦茶な台詞が瞬時にうけられてしまったってことは、それ、多分、私だけではない。

「私もね、今、ちょっとおかしいんですよ、道路の敷石とか、壁のモザイクとか、なんか、四角っぽいものが並んでいると、碁盤に見えちゃうんです」

以前、囲碁を扱った小説を読んだ時、その登場人物で囲碁を始めたばかりの人が、「ぼおっとしていると目の前に盤と石がちらついて困る」って台詞を言っているの、読んだことがありました。そんで、その小説の中では、「それが来た時、一番碁が上達するんだよ」って話になっていて……囲碁を始めて四年、未だに一度も〝目の前に盤と石がちらついて困る〟事態に陥ったことがない私は、ちょっと悩んでいたのですが……地下鉄の中の乗客が碁石に見えるって……四角っぽいものが全部碁盤に見えるって……これでも、上達、できるのかなあ?

コラム6 あの男性、切れる！

囲碁で戦う場合。ひたすら相手の石を殺しにいくっていう方法論もありますが、かわりばんこに打っているんだ、そうそんなこと、できません。

で。前にも書きましたように、石は、縦と横では繫がっています。斜めは繫がっていません。ですから、相手が自分の石を斜めに打ってきた場合、相手が繫がる為の肝心の場所に自分の石を置いて、相手の連絡を断ってしまうって戦い方を選ぶケース、結構あります。（これを、〝切る〟と言います。ただ、切りにいった自分の石を取られてしまうと、何やってんだか判らなくなるので、先まで読んで、「この石、切っても大丈夫かどうか」を判断しなきゃいけませんが。それから、〝切られる可能性がある場所〟を、断点と呼びます。あ、じゃ、なんで断点ができるのに、斜めに石を置くのか？　いや、基本、陣取りゲームですから、自分の面積を広くしたいんですよ。素直に縦と横だけに打っていくより、斜めに打った方が、なんか、面積、大きくなりそうでしょ？　この辺の兼ね合いが、初心者には大変むずかしいです。）

シチョウっていうのも、ゲタっていうのも、形です。形の呼び方です。そんでもって、シチョウっていうのは、かくかくかくかくかく、折れ曲がりながらも一本道で続いている形です。シチョウアタリっていうのは、そのシチョウの終点にいる石。黒が白をシチョウで追いかけている場合、その終点に白がいたら、白、逃げきってしまいます。（その場合、黒がとっても酷いことになるので、これはシチョウ、成立していません。）終点に黒がいたら、その白、絶対逃げられません。

●○　先生も大変

さて。今まで私は、三年前、自分が初心者だった頃のことを、思い出しつつこの原稿に書いてきましたが、ここでいきなり、三年後の自分、只今のことを書いてみたいと思います。

えっと、今の私は、もう三年以上、囲碁をやっているのだ、さすがに一桁の級位者になってます。

そんで、只今の私が、過去のこと、そして現在の自分のことを、つらつら考えるに……先生って、本当に大変なお仕事なんですよね。

と、言うのは。

断言しちゃうのはまずいような気もしますが（例外もいない訳じゃないだろうから）、生徒には、往々にして、物凄い才能があるからなんです。

はい、〝教わったことを、綺麗さっぱり忘れてしまう〟という、抜きんでて見事な才能が。

☆

ここ二回くらい、うちのクラスの課題のタイトルは、(うちのクラス、先生が毎回、課題のプリントを作ってきてくれます)「みなさんの対局の中で最近気になる形」。具体的には、只今やっているのは、〝小目《こもく》に一間高《いっけんたか》ガカリをして、それをケイマにはさまれた時どうするか〟って奴なんですが、(そんで多分、この後も、〝気になる形〟が山のようにでてくるだろうと推測するのですが)わはは、これ、先生が泣いているのがよく判る。

というのは。

実は、この形になった時の定石を、うちのクラスは、とっくに習っていたのですね。もう、ずいぶん前に「小目の定石」でやった筈なんです。そこで、でてきた筈なんです。また、その後も、「小目にかかられた時の定石」でも、やった筈なんです、この形。でも、けど、誰もそんなの覚えてねー。(……少なくとも、私は、覚えてないです。そんでもって、こういう課題ができちゃうってことは、覚えていない人、多数いる筈……。)

まあ、言い訳覚悟で言わせて貰えば、小目の定石って、あまりにも、あまりにも、あまりにも多すぎて……なんでこんなにあるんだろう……。

そんで、「みなさんの対局の中で最近気になる形」。

……まあ……「この形は前にやったでしょう、そこで、〝ここに打つとひどいことになります〟っていうのも教えた筈。なのに、何だって、みんなして、よりにもよって、打ってはいけない場所にばっかり打つんですか」ってなタイトルのプリントを作る訳にはいかないですから……「みなさんの対局の中で最近気になる形」。

ああ。

このプリント作った時、多分先生は、心の中で泣いただろうな。

でも、それが判っていたとしても。

私としては、他にどうしようもないんです。

別に、先生に教えていただいたことを無視している訳ではありません。

「私、定石なんか無視した方がよく打てるもん、そこに打っちゃいけないって先生は言っても、私はここに打った方がいいんだもん」って思って、打っている訳じゃありません。

単に。私達生徒には、もの凄い忘却の才能があって、できるだけ教わったように打とうとして、それで間違っているだけなんですぅ……。

☆

うちのクラスは、まず、先生による小一時間の講義があり、その後、生徒同士が対局するっていうフォーマットになっています。

そんで。例えば、〝小目に一間高ガカリをし、それをケイマにはさまれた時の定石〟の講義を受けた後で、生徒同士の対戦の前に。

生徒達は、もの凄くなさけない会話をします。

「あああ……こんな定石……覚えきれる自信がないっ！」

「私は覚えられない自信があるっ」

「判った、今日の講義の結論はこれだ！　私、ツケ引《ひ》き定石だけは、やっと、やっと、覚えたの。これだけはできると思うの。だから、小目にかかられたら、もう、問答無用でツケ引きにもってゆく！　誰が何と言おうと、ツケ引き以外はやらない。絶対、ハサんだりしない」

ハサむ定石を習った後の、第一声がこれかよ。しかも、定石を覚える為には、とにかく実戦でいっぱい打って、何回も間違えることだって、今の講義で言われた筈なのに。ツケ引き定石だって、何回も何回も間違えて、それでやっと覚えた筈なのに。

「……それ、無理じゃないですか？」

「え、なんで？　こう決めた以上、私、絶対、ツケ引き以外はやらないよ」

「いや、それはね、新井さん（前にもちょっと書きましたけれど、私は本名で囲碁教室に通っているので、こう呼ばれることはないんだけれど、それ書くと非常に煩雑になってしまうので、ここ以降、私、囲碁教室で、〝新井さん〟って呼ばれているってことにします）が〝カカられた方〟なら、〝カカられたら絶対ツケ引きにする〟って手法、ありでしょうけど……新井さんがカカった方なら？」

「……あ……う……」

「ツケ引きにもってゆくか、ハサむか、それともケイマか何かで受けるか、選択権は、相手の方にあるでしょう？」

「……あうう……確かに。……じゃ……相手が小目に打ったら、私からは絶対カカらないって決めたら……」

「相手の小目に絶対カカらないだなんて決めたら、なんか、それだけで負けそうな気が……」

「しますね、確かに」

「だから！　私、今日教わった最後のツケの定石を覚えることにします。これなら、十七手までだ、なんとかがんばって復習すれば、覚えることはできる筈。そんで、ハサまれたら必ずこの定石にもってゆくんだわ」

「……でも……この定石、一手間違うと、石が抜けて酷いことになるよ？　それに、最初に教わったコスミの定石なら、最短の奴で八手で済む訳で……」

「甘いです、コスミの定石は、こちらがコスミに打った後、相手の選択肢が複数あります。ということは、相手がどう打つかによって、こっちが覚えなきゃいけない定石の数はあっという間に増える訳で……」

「成程」

「だから、この、ツケの定石。とにかく一番手数が少ない奴、それだけを覚えておけば何とか……」

　この消極さ加減。先生が聞いていたら、泣くな、きっと。（あ、でも、口ではこんなこと言ってても、みんなちゃんと、そのうちハサむ定石も覚えてゆきます。ツケ引きもそうやって覚えました。）

☆

うちの教室は、生徒同士の対局が終った処で、先生が個別にワンポイント講義をしてくれることになっています。

そんで、もう一年くらい前の話なんですが。

私と、とある人の対局の後、先生が私達の処に来て。

整地が終わり、勝敗が決まった碁盤の上に、先程までの私達の勝負の模様を、先生が再現してくれたことがあったのでした。右上隅、私が、隅でかろうじて生きた、そんな形になるちょっと前、まだ、私が生きるかどうか謎だった時代の形にまで。

「ここで、新井さんは、手を抜いて、左下にまわった訳ですよね。そして、○○さんも、それにつきあってしまった。ですが……この形は、ね」

ここで先生、ぱちんと音をたてて、問題の私の右上の地の中に、石を置きます。

「ここに打たれたら、新井さん、どうしますか？」

「どうしますって……え……え……えっと……えっと……困ってます」

「困りません。この段階で、この石は、死にました」

「え……へ？　あっと……こっちに打てば？」

「こう受けます」

「あ、じゃ、こっちは」

「こう受けます」

「え、じゃ……じゃ……この石、死んじゃったじゃないですか」

〝だから、この段階でこの石は死にましたって言ったじゃないか〟、とは、さすがに先生は仰いませんでしたが……うーん、ちゃんと打たれると死んでしまったのか、この石。

「この問題があるのに、双方共にヨセまで手をいれず、結果として新井さんの石は、生きてしまいましたね」

私も、相手方も、揃って反省。んでも……問題は、そんな処には、なかったのでした。

「今の形なんですけれど」

うちの囲碁教室には、アシスタントの人がいます。大抵、どこかの大学囲碁部の人で、出欠をとったり、生徒同士の組み合わせをしたり、大抵がアマ段位者の人なんで、生徒の数が奇数になった時に相手をしてくれるんですが……その人が。

「あれ……前回の、この教室で、やったんです」

先生が、我々の前から去った処で、こんなことを教えてくれたんです。

「新井さん、覚えていませんか？　先週のプリントと、まったく同じ形だったんですけれど……」

え、ええ、えええっ！

「ちょっと向きは違うんですけれど、何ヵ月も前じゃない、先週のプリントでしたから……」

そ、それは。それは、申し訳ないというか何というか。

と、私の対戦相手が。

「あ、私、先週仕事で教室休んでた。なら、私は、それを知らなくてもしょうがないんだよねっ」

悪いのは全部私かよっ。……って……そういう話では、ないんですけれどね。先生、ごめんなさい、ごめんなさい、ごめんなさい。悪気はまったくないんですう。単に、覚えていないだけなんですう。

☆

今、ちょっと、〝向き〟の問題がでたので、ついでにその話も書いておきます。

〝向き〟。

これが、実は、初心者や級位者にとっては、とてもおおごとなんですね。

☆

うちの教室では、お休みの前なんか、時々宿題がでることがあります。宿題は、大抵詰碁で、プリントに大きな碁盤が印刷してあって、その、左上、左下、右上、右下に、四問の詰碁があるっていうのが、一番ありがちな形。（というか、普通に詰碁問題を作ったら、大抵こういう形になると思う。）

そんでまあ、次の授業で、この詰碁の答あわせと解説をする訳なんですが、碁盤の、左下、右下の詰碁は、大盤を使って解説をする時、いささか問題があります。教室の、後ろ半分くらいにいる人にとって、非常に見にくいんです、左下と右下。

そこで。右下に、問題の詰碁の図を作っていた先生は、ふっとそれに気がついて、問題図を作り替えます。

「あ、この位置だと、後ろの人は見にくいですね？」

すたすたすたっと、先生は、右下と同じ詰碁の問題を、左上に作ってくれる訳なんですが、点対称ですから、理論的に言って、まったく同じ図が、左上にできた筈なんですが……恐ろしいことに。

初心者、そんでもって、多分、級位者でも人によっては……これ、同じ図に、見えないんです……。

☆

「二週間ありましたから、みなさん、この問題は解けたと思います。では、黒はどこに打てばいいのでしょうか」

先生はのほほんとこんなことを仰いますが、生徒達は、とてものほほんとしてはいられない。

まあ、大抵の生徒は、二週間あったので、この詰碁の問題は、解けてます。左下にところが。問題図が作ってあったのなら、大抵の生徒が、正解をだしたでしょう。

では、判ります。問題図は、只今、右上にあります。まったく同じ問題であることは、頭では、判ります。けど……でも……どうしたって、私には、それが同じ問題だとは思えないっ！

初心者、そして級位者にとっては、まったく同じ図であっても、〝向き〟が違うだけで、それは、まったく〝同じには見えない〟んです。全然違う問題に見えてしまうんです。

☆

私と旦那は、お互いに打つことこそあまりありませんが、同じ教室に通っていて、私が旦那の、旦那が私の、碁を見る機会は結構あります。だから、こんな問題が発生したりもします。

「今日の碁だけれど、おまえ、左下隅、手抜きしただろ？　あれ、大丈夫なのか？」

「んあ？　左下隅は、きっちり守っていたよ私」

「いや、守ってないって。実際、左下隅にできたこんな形の時……」

「そんな形にはなってないっ！」

「いや、なってた。俺が見た時には、絶対この形になってた」

……この類の問題は全部、碁盤をどっちから見ているかを入れ換えてみたら、諒《りょう》解《かい》できました。

向きが変わると、本当に違う形に見えてしまうんです、只今の私は。

●○　ペア碁

ここの処しばらく教室の話題が続いたので、ここでひとつ、イベントの話題にいってみます。

三年前。

囲碁を始めてそろそろ一年、教室に通いだして半年くらい、「囲碁は楽しいな」って思い始めた私が、一気に〝囲碁界〟に親近感をもってしまった、それは、この大会を観戦したからです。

『リコー杯プロ棋士ペア囲碁選手権』

☆

ペア碁っていうのは、男女がペアを組んで打つ碁です。例えば、私と旦那がペアを組み、AさんとBさんというカップルがペアを組んだとして、それで、打つ、碁。

まず、私が打って、Aさんが打つ、次は旦那が打って、Bさんが打つ、そして私が打って、またAさんが打ち、旦那が打って、Bさんが打つ。これをやっている間は、私と旦那、そして、AさんとBさんは、相談することはできません。だから、ペア碁の場合、単純に強い人が勝てる訳ではなくって、これが結構面白い。

そう、うん。

基本的に〝ペア碁〟って、ただそれだけで面白いんですが、更に、この大会の場合。

打つのは、全員、プロなんですよね。

これはもう、面白いっていうか、みものだっていうか、何て言うか……。

☆

これ、手元に記念として残していたのですが、例えば二〇〇四年のこの大会のパンフレットを見ると、いやあ、参加棋士が、凄い凄い。

小林泉美《いづみ》&山下敬吾ペア。禱《いのり》（現・桑原《くわばら》）陽子&趙治勲ペア。梅沢（現・吉原）由香里&王立誠《おうりっせい》ペア。岡田結美子&張栩《ちょうう》ペア。杉内寿子《かずこ》&依田紀基《よだのりもと》ペア……。（あ、全員、敬称略です。当時のパンフレットには、八段とか、本因坊とか、ちゃんと敬称がついているのですが……この辺が囲碁関係の原稿書いている時のネックだな、二、三年たつと、称号が変わっている可能性高いんですよ。なので、すみません、まとめて敬称略でいかせていただきます。）

そんで！　この大会の凄い処は、なんと、観客が、碁を打っている棋士の姿を、指呼の間で見ることができるってことに尽きます。普通の棋戦だと、大盤解説はあっても棋士は違う部屋で打っているとか、あるいは、公開対局でも、棋士は壇上で打っていて、観客はそれを、遠く壇の下から眺め、基本的には大盤の解説をただ聞くだけなんですが、この大会の場合、ほんの一メートルかちょっとの処で、棋士の方が打っているのを見られるんです。（一回戦と二回戦は。準々決勝から、ちょっと違ってきます。）

この大会、十六組、三十二名の棋士が参加しているんですね。だから、同時に八つの戦いが繰り広げられていて、広い会場の中に、八つの島みたいなものが作ってあって、その八つの島の間を、観客は歩いてまわれるんです。（別室でＴＶ画面による解説もついてます。）

これはもう、相当な興奮ものです。

今、私の目の前で、（勿論そんなことはしませんが、手をのばせば触れそうな処で）、張栩さんが、依田紀基さんが、小林泉美さんが、趙治勲さんが、碁を打ってる！

基本的に、囲碁ファンは棋士のことを、間接的にしか知りません。間接的っていうのは、その棋士の棋譜を見たり、対局をTVで見たり、そういう知り方ですね。ま、それで充分というか、それ以外に何か必要かって言われればそんなことはないのですが、こういう知り方だと、囲碁が強い方以外は、あんまり、棋士に対して親近感が抱けません。(強くなると、棋譜を見るだけで、「おお、この人は私好みの碁を打つ」とか、色々感想を持てるのかも知れませんが、囲碁、始めて一年では、そんなこと判りません。)

それが。

「プロ棋士ペア囲碁選手権」では、名前しか知らなかったような棋士の方が、目の前、ほんの一メートルくらいの処で、実際に碁を打っているのを見ることができる訳ですよ。この効果は、存外、大きい。

それまで、私は、プロ棋士のことを殆ど知りませんでした。一応我が家は、「囲碁・将棋チャンネル」に加入していましたから、そこで囲碁を教えている先生については見たことがありましたけれど、でも、その程度。好きとか嫌いとか、そんなことを思える程には、棋士のことを知らなかった訳です。

それが。この大会で、目の前で棋士の方が打っているのを見ると。ああ、ぼやく人もいる、身をのりだしてしまう人もいる、うわあ、私達と、おんなじだあっ。

という訳で。様々な感想を抱いてしまう訳なんです。例えば。

依田紀基さん、かっこいー。

小林泉美ちゃん、かわいー。

趙治勲さん、ああ、もう、私、断然治勲さんのファンになる!

(……ああ……その……これは、当該棋士のみなさんにしてみたら、あんまり嬉しくない話なのかなあ。だって、この頃の私は、この先生方の〝囲碁〟については、まったく判らなかったのですから。——今だって、判っているとはとても言えない——。つまり、囲碁に関係なく、ただ、打っている姿を見ただけで、こっちが勝手に、感情移入をしたり、かっこいいって思ったり、うわ、優しそうって思ったり、しただけの話です。プロ棋士なら当然、囲碁の内容で評価されたいに決まっていますから、こんなミーハーな感想って……邪道、だろう、なあ。)

ですが、これ。囲碁界にとっては、とても大きなプラスだと思うんです。

だって、この日から。「囲碁・将棋チャンネル」を見ている私の視線、もう、絶対に変わりましたもの。

それに。あたり前ですが。〝勝負師〟は、勝負をしている時が、一番かっこいい。

ということは、棋士の方は、囲碁を打っている時が、一番かっこいいに決まっていて、それをじかに見てしまうと、これはもう、ほんとにかっこいい。なんか、どの方も、かっこいいオーラがでている感じ。

プロの戦いを身近に見せてくれるっていう意味でも、とても面白かったです、リコー杯。

(あ、それから。実はこのイベント、只《ただ》なのよー。葉書やネットで申し込んで、抽選にあたると観戦できちゃうの。しかもその上、当日の全対局の棋譜までもらえちゃうので、ほんとにお得なイベントです。んで、そう思って探してみると、囲碁のお土産つき只イベントって、結構あります。)

☆

ペア碁はとっても面白い。

そう思った私と旦那が、次に何をしたかっていうと……なんと、アマチュアのペア碁の大会に出てみたんですよね。わはははは、まだ級位者でも下の方だっていうのに。

この大会に出てみて判ったことが一つ。

ペア碁って、人格者じゃないと、打ってはいけない。いや、碁を打つのに、〝人格〟

は関係ない……でも、〝打ったのちのこと〟を考えると、人格者じゃないと、この世界に手をだしてはいけないんじゃないかと思います。そんでもって、私も旦那も、人格者とはほど遠い人柄であるので……これは、絶対に、やめた方がいいです。

☆

私と旦那が、初めて、そして、多分、最後に出場したペア碁大会にて。

一回戦は、相手が両方共それなりに強くって、うちが負け、二回戦。このペアは、女性の方が多分私達よりずいぶん強く、男性の方がずいぶん弱いっていう組み合わせで……ここで。

ここで、私、間違ったんです。

いや、ちゃんと言うならば、私の前に打った、相手のペアの男性の方が、間違ったんですね。彼が打った手をちゃんととがめれば、右上から脱出しようとしていた相手の石を切ることができた筈で、そんでもって、ここで石を切ることができれば、相手の右上にある大石は死んで、数えるまでもなく、うちが勝った筈なんです。

ところが。

つい、つい、うっかり、私は手拍子で相手の石に対応してしまって……結果……相手の石を切ることが叶わず、相手の石は生きてしまい……。

この石を打った瞬間。

隣にいる旦那から、ぴりりって光線がきました。

打った瞬間、私も、自分が打ち間違ったことは判りました。うわ、ごめんって心から言いたくなりましたけれど、ペア碁の場合、打っている間は、私と旦那、囲碁に関する会話不可です。そんでもって、ゆっくりと、対戦相手の女性の方が、〝まさにそこだよっ！〟っていう処に石を置き……。

☆

「ごめん。ごめんなさい。本当に悪かった。ごめんなさい。……だから、ごめんってばっ」

二回戦が終わるとお昼御飯タイムです。今の戦い、負けたのはもう百パーセント私のせいだよな、それが嫌っていう程よく判っていたので、私にしてみれば、謝るしかできない。

けど、どうやら旦那には、そんな私を許してくれる気持ちがまったくないらしくって……もくもくと、ひたすらもくもくと、御飯を食べ続けています。何も言いません。

私を責める言葉は一つも言いませんが、私を許す言葉だって、一つも言いません。

(というか、ほんとに無言だったよな……。)

その、無言が、辛くて辛くて。

私は、お昼御飯、まったくと言っていい程、食べられませんでした。

囲碁は、ただでさえ負けた時、自分で自分がとても嫌になります。まして、敗着が判っていたら、口惜しいなんてもんじゃありません。なのに、それをまた、無言で旦那にとがめられると……。

人格者以外、ペア碁はやらない方がいいと思います。心から。

ただ。

別に囲碁に限らなくとも、勝負ごとって、〝必ずどこかで何か間違う〟から、勝敗が決まる訳で……ということは、二人のうちどっちかが必ず間違うペア碁、もしそれをとがめるのなら、とても辛くて、とても腹立たしくて、人間が打てるものじゃないような気がしてきます。

だから、人格者。ペア碁を打つには、人格者じゃなくっちゃ。

こんなことを書いたのには訳があります。

実は、この大会で、次に私達ペアと当たった人が、ほんとに凄い人格者だったんです……。

☆

このペアは。多分男性が相当な高段者で、女性は、級位者かどうかも謎だよな、この大会の為にがんばって囲碁のルールを覚えたんじゃないのか？　そんな気がする……本当の、初心者。

だからまあ、ぼろぼろ、ぼろぼろ、凄い手を打ってくれる訳です。

「あの、それは、完全にそっぽ」

「そこ、つがないんですか？　いいの、それで」

「だから、そんな処に打ったら、私達こっち切ります。大問題になると思うんですが」

なんて、勿論、口にだしては言いませんが、私達夫婦、心の中で、何回つっこみをいれたことか。

ところが。どんなに酷い手を打たれても、ペアの男性は、にこにこ笑ってフォローにまわるんです。それどころか、本来ならここは切る一手だって処だって、あとの彼女が打ちやすいよう、判りやすく、判りやすく、にこにこ手を控えて打って。（……

まあ……こんな打ち方をされて勝負になっている私達も、弱いんですが……こんな打ち方ができるこの男性、単独で打てばどんだけ強いんだろう……。)と、こんなペアでしたが。終盤、女性の方が、もの凄いミスをしたのです。前に書いた私のミスって、「ここをとがめることができればこっちが勝ったのに、みすみすそれを逃した(あ、とがめるっていうのも、一応囲碁用語。相手の失着にちゃんと対応すること、ですかね。)」って奴でしたが、この時、彼女がやったのは、「あ、そんな処に打ったら、あなたの石が死んでしまう」っていう、まあその、本当に凄い、ミス。

この瞬間。

さしものこのペアの男性も、何か、こめかみの処が、ぴくっとしました。こめかみぴくっ。でも、話は、それでおしまい。あとはにこやかに石をつないでいって……。

結果として、この勝負は私達夫婦が勝ったのですが、私、未だに、この男性のことを尊敬しております。勝負がついた後も、「ごめんなさい、私が……」って言う女性に、「いや、君はよくやったよ」なんて優しく声をかけてあげて。

ペア碁をやるならねえ、あの男性くらい、人格者でなくっちゃ。

コラム7 ペア碁

ここで書かせていただいた、リコー杯ペア碁は、残念ながら、今ではもうやっていません。

ただ、いまでもペア碁選手権はやっていて、これに勝つとペア碁ワールドカップに出場できます。国際戦です。中国や韓国の棋士達と、日本の棋士が戦ってます。2016年なんか、井山裕太さんと謝依旻《しぇいいみん》さんがペアっていう、ほぼ最高の組み合わせです。

ショーアップされていて、楽しいです。

●○　囲碁合宿

私はとても〝和気藹々〟とした囲碁教室に通っている訳なんですが、うちの教室がここまで〝和気藹々〟としたものになったのには、多分二つのエピソードがかかせないって、以前、書いたと思います。（……あ。無意識のうちにこう書いちゃったけれど、自分が通っている囲碁教室のことを〝うちの教室〟って書いちゃうこと自体、和気藹々の証左だよなあ。）

一つは、囲碁大会に出るようになったこと。このエピソードは、飲み会に発展し……これについては、以前、書きました。

そして、もう一つの話を、これから書こうと思います。

☆

いつ頃……そして、きっかけは、一体何だったんでしょうか、多分、誰かが、飲み会か何かで、ふっとこんなこと言ったんだろうと思います。

「こんな楽しい教室なんだ、みんなで合宿なんかしちゃうと、きっと、もっと、楽しいよな」

そんで。

誰かがこんな台詞を言った時、そこにはうちの旦那がいたんでしょう。そんでもって、こんな台詞に、うちの旦那が、反応してしまった……ん、でしょう。

普通だったら。

みなさんお酒がはいっているんだ、これは、その場限りの〝戯れ言〟だって話になります。実際、うちの旦那がいなければ、これはこの場の〝お酒がはいった戯れ言〟になった筈だったんです。

ところが。ここには、うちの旦那がいた。

そんでもってうちの旦那は……何と言うのか、あの、この手のことが、非常に、その、あの、得意……だったんです。

☆

「A温泉とBって所、どっちがいいと思う、素子」

なんてある日、ふいに旦那に聞かれて、私は驚きます。

「え、何の話？」

「だから、合宿。うちの囲碁教室の合宿。どっちも〝囲碁ルーム〟があるし、大盤なんかも借りられるから、囲碁合宿ＯＫなんだけど……」

「い……い……囲碁ルームがあるだなんて、大盤あるだなんて、あなた、どうしてそんなこと知ってんの！」

「いやあ、合宿したいなあって思って、棋院の普及事業部行って聞いてみたの。したら、丁寧に教えてくれたよ、そんでA温泉っていうのは……」

合宿。やる気だよ、ほんとに、うちの旦那は。

それに、普及事業部って、普通、棋院に通う単なる生徒は、そんな所に行かないだろうがよっ。なのに、行っちゃったのね、あんたは。

「先生にも聞いてみたんだけれど、先生も乗り気で、謝礼の額は……」

って、そこまで話、ついているのかっ！

えー、旦那の仕事は広告代理店の営業です。つまりは、こんなイベントやるの……プロだよな、こいつ。

「予算がこんなもんで、参加人数がこれだけみこめれば、合宿、ＯＫ」

ああ、本当に、やる気なんだ旦那。

なんかその……はるか昔のことを、思い出してしまいましたね、私は。

そんでもって……ため息。

囲碁の話とはちょっとずれるのですが、うちの旦那の話を。

☆

はるか昔、大学生の頃。

私と旦那は、大学の同級生なんですが、当時の私と旦那には、同級生以外の共通点がありました。どちらも、見事なまでの、劣等生だったのですね。

私達二人共、ドイツ文学科に所属していたのですが、ドイツ語は、まったくできない。(ドイツ文学科の同級生同士が結婚したんだ、普通なら、新婚旅行はドイツだって話になると思いませんか？　ところが、私達の場合……結婚が決まった瞬間、『新婚旅行、ドイツだけはやめようね』って合意した夫婦でした。)

何だって私が、こんな劣等生になったのかって言えば、その理由は、とても単純。

だって、授業に出ていないんだもん。

一年目、一般教養なんかをやっていた時代は、それでも私、結構大学に通っていて、だから、一般教養の成績は、私、いいんです。けど、二年目あたりから……。というのは、この頃から、私はフルタイムの作家になりまして、授業にでている時間がないっ。

これで、私が、まがりなりにも大学を卒業できたのは……うちの大学の特殊事情故だろうと思います。

えーと、私は、小説家という職業を選びまして、そんでもって、うちの大学のドイツ文学科の創設理念が、〝文学者を作ること〟だったのですねー。〝小説家〟と〝文学者〟は、なんか違うような気もしますが、でも、確かに、似ている。

そんな訳で。私は、あんまりな劣等生であるにもかかわらず、教授の温情で大学を卒業させていただいたのですが……実は、旦那の方も、似たような感じで、卒業できたのでした。

☆

旦那は、うちの学校で、絶えて久しかった、伝説の〝ドイツ文学科統一コンパ〟を復活させた人なんです。

〝コンパ〟って言いますけれど、この時代のそれは、〝男女が知り合う為の飲み会〟っていう意味では、まったくありませんでした。

まして、〝ドイツ文学科統一コンパ〟ってことは、新入生も、大学院生も、教授も助教授もみんな参加する、学部内の親睦をはかる、結構大変なイベントで……。

これを復活させるのは、確かにとても大変だったんだろうと思います。ま、この頃は、旦那、〝私の夫〟ではなくて、〝同級生〟でしたから、具体的な苦労はよく知らないのですが、〝絶えて久しかったものを復活させる〟のには、多分、〝新たにそれを作る〟に匹敵する、あるいはそれ以上の苦労が、あったのだろうと思います。

そんで。そのおかげをもって、なんか旦那、妙に教授達に可愛がってもらえて、それで無事に卒業ができたようなもんなんですが……。

☆

また、これかー。

教室の合宿をやるって聞いた瞬間、私の脳裏を横切ったのは、そんな……思いでした。

どうしてこの人は、こーゆーことばっかり、やりたがるんだろう……。(そんでもってまた、この手のしきりが妙にうまいんだよな……。)

囲碁合宿。

これは、やってみたら、非常に楽しかったです。

何たって、参加費まで払ってわざわざここに来ているのだ、みなさん、思いっきり、碁を打つ。

普通の人間が普通に社会生活を営んでいる以上、普通、連続十何時間も囲碁ばっかりやることはできません。けど、囲碁合宿なら、これはむしろ、そうしない方が変。まわりにいるのは全部囲碁好き、話題は囲碁ばっかり、しかもその上、普通だったらできないことができる。

普通だったらできないこと……お酒呑みながら、碁、打ったりも、する。

(いやあ、場所が温泉でしょ、晩御飯には当然お酒がつくでしょ、また、ここの温泉は地酒がおいしくて……この状況でずっと碁を打っていると、〝お風呂あがりに碁を打つ〟〝お酒呑みながら碁を打つ〟が、ありえちゃうんだよね。)

これは、私がお酒が好きだから……なのかも知れませんが。

実は私、お酒呑んで碁を打つの、結構好きなんですよ。家では結構、「仕事終わった、晩酌だあ、よし、碁を打とう!」ってな事態に立ち至り、これがまた、素面でちゃんと碁を打つのとは違った楽しさがあるんですよね。(ただ、この場合、旦那が素面だと、大抵私が負ける。これが非常に口惜しいので、只今の私、〝囲碁好きのお客さんがくる、お酒をだす、双方共に適当にお酒がはいった処で碁を打つ〟って状態で、酒呑み囲碁をやっているんですが。でも、これだと、「今日の仕事は終わったぞお、さて、酒呑むぞおっ、さて、囲碁だ!」って具合にはなりようがないので、うーん、ちょっと、残念かな。)

☆

それに。

合宿の場合、〝指導碁〟っていうイベントがあって、これもまた、楽しかったのー。

うちの教室は、普段は、先生による指導碁がないんです。(大抵の教室だと、生徒同士の対局の時間に、先生が何人かの生徒さんに指導碁を打つって感じになっていると思います。でも、うちの教室の場合、先生は生徒同士すべての対局をまんべんなく見回って、留意すべき点を棋譜につけたりしているので、指導碁を打っている時間がないんです。)

ところが今回、せっかくの合宿だからってことで……先生、すべての参加者に、指導碁を打ってくださったんです。最初の合宿では、八面打ちを二回やってくれたのかなあ、その後、合宿の回が重なるにつれ、参加者が増え、八面打ちを三回とか、かなりきつい負担になったたっていうのに。

合宿に乗り気だった先生、ほんとのサービス料金で、合宿につきあってくださったってだけでもありがたいのに、更にこんだけ指導碁お願いしちゃって。こころよく引き受けてくださった先生には、ほんとに感謝です。

そんでまあ、せっかく指導碁打っていただけるんだから。

棋譜をつけることにしたら、これがまた、面白かったたんだよー。

棋譜。

私、自分のまわり以外の囲碁ファンの方のことをよく知らないのですが……どうなんだろう、普通に囲碁ファンになった人は、普通に棋譜をつけるんだろうか？　いや、それこそ、大学の囲碁部にいたとか、そういうんでもない限り、大人になってから、趣味で囲碁を始めた方は、あんまり、棋譜をつけたりしないいんじゃないかなって思うのですが……いかがなもんでしょ？

☆

せっかくの合宿で、せっかく先生がみんなに指導碁を打ってくださるのだ、どうせだったら棋譜をつけよう！

合宿が決まって、先生が指導碁を打ってくださるって決まった段階で、私と旦那は、そう決意しました。んでも、棋譜……。

私達生徒が、ある程度以上強ければ、指導碁を打ってもらった後、すぐに棋譜用紙に向かって、今の一局を思い出しながら、それを棋譜におこすことは可能かも知れません。

けど……そんなことができるくらい強ければ、そもそも、うちの教室には通っていないよなあ。（最初のうちは、初心者を対象にした教室だったんですが、それが、一年、二年持ち上がると、今度はこのクラス、〝進級コース〟って名前になりました。一はい、初段を目指して、級を進めるクラス、ですね。んでもって、自分が打った一局を、記憶をもとにしてさらさらと棋譜におこせるのなら、それはもう、多分、級位者じゃなくて、初段以上になってると思います。）

と、いうことは。

「八面打ちを二回やってもらうってことは、指導碁の時、あぶれている人がいる訳よね？」

「あぶれている人に棋譜をとってもらえばいいんだ！」

そんで、ここから先は、幹事である旦那と私の仕事です。これはもう、参加者が増えるにつれ、大変なことになってゆく訳なんですが（最終的には、この合宿、二泊三日で、参加者二十数名、しかも、初日だけ参加する人、二日目だけ参加する人、泊まれないけれど来る人なんかが発生し、その指導碁の順番を割り振りし、棋譜をとる人を割り振るって……また、当日いきなり欠席したり、遅れてきたりする人もいる訳で、殆どパズルのようになってしまいましたが、この手のパズル、私は得意だ）、これはこれで結構楽しい。

ただ。殆どの方が、過去一回も棋譜をとったことがなかったので……。

「いや、お互いさまですから」

棋譜なんてとれない、間違ったらどうしようっていう人を、片っ端から、説得。

「棋譜とるのも勉強になりますから、みんな間違う可能性があるんですから、間違ったらその時のこと、そこまでの棋譜があるだけでいいって感じで、気軽にやってみてください」

……まあ、実際。やってみたら。

「ちょっと待って！ 待ってください、98が二つある！ なんでだか判らないけど、98が二つある！」

「うわあっ。黒が奇数になってる！ 置碁《おきご》で何で黒が奇数！（置碁とはハンデをもらって最初から黒が石をいくつか置く碁のことです。なので必ず白から打ちます。故に黒は絶対偶数になります）」

「まだましですっ！ 私の棋譜、黒が奇数になったり偶数になったり奇数になったりしてますっ！」

生まれて初めて棋譜とったら、まあ、そんなことになるでしょうねえ。

結局、棋譜を最後までとりきれた人は殆どいなかったのですが、これはこれで楽しかったし、黒が奇数になっている置碁の棋譜なんて、とても楽しい思い出の品です。

その他。色々、囲碁合宿ではイベントを考えてみました。

うん、だって、せっかくの合宿だもの。指導碁の時間以外は、ただただみんなして対局しているだけっていうんじゃ、なんか、ちょっと、ひねりがない。それに、せっかく大盤があるんだもの、それをまったく使わないっていうのも勿体ないし。

そんでまあ、夕飯後は、イベントタイムっていうことで（夕飯で、みなさんお酒がはいってしまうので、ここから先は、まっとうな対局もないでしょうっていう感じで)、二チームに分かれての連碁大会だの何だの、色々やってみました。

ヒットは、先生とアシスタントの方（アマ高段者）の公開対局かな。

まるで何かの棋戦のように、片隅で、先生とアシスタントの方（あ、合宿も、回を重ねるごとに予算が読めるようになってきまして、この時の合宿では、アシスタントの方を、さすがにバイト代は無理だけれど、招待できるようになっていました。また、このアシスタントの方と教室のみんなが、なんか妙に仲よくなっちゃったので、彼女も楽しそうに来てくれたのでした）が対局をして、それを、大盤で、生徒が解説するんです。んでも、これだけじゃ、置き石があっても先生の方が確実に勝ってしまうので、そこで、生徒が、あみだくじを引く。13とか、29とか、生徒がひいたあみだくじの番号を、幹事の方で把握しておいて、いざ、その番号になった時。

「先生、打たないで。ここで、生徒の〇〇さんが打ちます」

なんせ、生徒は三十人弱いる。（まあ、くじですから、アシスタントの方の時にあたってしまう人も、当然、約半分いるんですけれど、それはこっちが加減して、先生の時に打つ人の方が多いようにしておきました。）

これは面白かったぞおっ。

いくら先生がプロで強くとも、道中、最悪二十回程度、素人による茶々がはいる訳なんです。しかも、それが、いつはいるのか、先生には予測がつかない。（というか、あみだくじだから、誰にも予測ができない。）勿論生徒は、先生が勝てるように打っているつもりなんですけれど、アマの高段者相手だと、変な手を打っちゃえば、すぐにとがめだてされてしまう。そんで、これを、生徒が大盤で解説する。

おお受け、でした。

☆

あと、ヒットした企画って言えば……。

うちの先生は、プロになる前、〝小学生囲碁大会〟か何かで、優勝したことがあった筈なんです。そんで、旦那は、その時の棋譜を探し出してきちゃった。この棋譜は、『週刊碁』にも載っていて、そこで、趙治勲さんが、解説をしています。この棋譜を、〝誰の碁か〟って処、内緒で、合宿で、大盤で、生徒が並べてみたんですねー。

これも、すっごく、面白かったです。

「これは私の棋譜ですよね」

って、すぐ、先生にはばれてしまったんですけれど。（……というか……プロって、子供の頃に打った棋譜まで判るのか？　凄い……。）

当事者ですから。先生、この碁について、語る語る。

楽しかったなあ、この、企画。

他にも、いろいろな企画を、やってみました、囲碁合宿。

えーと、例えば、一色碁。（囲碁打ってる二人共に、黒石、ないしは白石しか使わない碁。勿論、盤面は白一色や黒一色になってしまい、素人には何が何だか判らないんだけれど、うまい人は、どの石が白で、どの石が黒か、判っている訳。これ、漫画の、『ヒカルの碁』にでてきていたんで、やってみたいっていう人が何人かいて、やってみました。……確かに……全然、訳、判らなくなりました。でも、これも、結構、面白かったです。）

ま、大体。級位者がやってると、こんな感じになってしまうんですが。

「はい、ここに打ちます」

「え？　じゃ、切ります」

「ちょっと待って！　切れる筈がない、ここの石とここの石は、くっついてます」

「いや、それ、私の石でしょ、だから、切ります」

「え、これは私の石じゃないの？」

「え、え、ええっ？」

この場合、多分、どっちも、変なことを言っているつもりはない。どっちかが、自分の石を、誤解しているだけなんです。（そんでもって、間違いなく級位者は、こんな場合、すぐに自分の石を誤解するぞ。）

だから、まあ、級位者同士の一色碁は、ここで終わることになり、ということは、必然的に、級位者同士では、一色碁は打てないって話になるんですが、ここに、棋譜をとっている第三者がいると。

「えーと。この場合、正しいのはAさんです。この石は、黒です」

合宿ですから。囲碁好きがいっぱいいますから。一色碁をやる時は、必ず、誰かが棋譜とるようにしてたんですねー。そんでもって、棋譜とってると、正確なジャッジができる訳です。

かくして。級位者同士の一色碁は、棋譜をとっている人の存在のおかげで、かろうじて続けられるっていう話になる訳です。

おかげさまで、〝一色碁〟、ほんのちょっとだけ、できました。なんか、一色碁の気分を味わえたっていうくらいは。

（ジャッジがいるなら〝ほんのちょっとだけ〟より打てるような気もするのですが

……でも、やっぱり、それは無理。隣接している石が三個や四個になると、「この石は黒です」「この石は白です」って言ってもらっても、もう、よく判らない。それにまた、棋譜とっているのも級位者だから、石がだんごになると、自分で棋譜とっているくせに、「あ、この石は……どっちなんだ、えーと、左から数えて、一、二、三、四……七つめで、上から数えて……」ってな感じで、何が何だかよく判らなくなってしまう。)

☆

合宿の最終日は、〝詰碁〟と〝賞品贈呈〟です。

いや、ほら、せっかくの合宿だから。何か記念品っていうか、あとで思い返してみて、「ああ、これはあの時の合宿で貰ったんだよな」みたいな、思い出の品を作りたかった訳です。

そんでもって。〝合宿中最も沢山碁を打った人〟だの、〝指導碁で先生から見て、よい碁を打った人三人〟だの、いろんな人に賞品をあげて、残った賞品を、詰碁大会でさばく。(それに、せっかくある大盤だって、何回も使いたいもの。詰碁は、大盤を使う、いい機会です。)

先生が大盤で詰碁をだして、解けた人から賞品をあげてゆく訳です。（賞品は、一位が何……って形ではなくて、賞品をもらう人が、並んでいるものの中から、好きなものを選んでゆくっていう形をとりました。じゃないと、本なんかの場合、「すでに私はこの本を持っている」っていう可能性がありましたからね。）そんでもって、賞品がなくなったあとにも。この合宿では、指導碁の棋譜をとっていますから、棋譜用紙と棋譜用のペンは、先生が八面打ちをやってくれた関係で、八セットあり、最後に残った八人の人は、棋譜用紙とペンが参加賞になる訳です。つまりは、参加した以上、誰だって、最低でも棋譜用紙とペンは貰える、それがうちの合宿のフォーマット。

ですが……ですが……。

囲碁合宿。二年も三年もやっていると……その……この、賞品が、ね。

賞品選びも、幹事である旦那と私の仕事なんですが、なんでもって、最初の年は楽だったのですが……二年目、三年目となると。

初年度は、ポータブル碁盤が人気でした。マグネットで、携帯できて、どこでも使える碁盤。確かにこれは、いい賞品。

でも、二年目になると。おお、どうしよう、賞品をとるような人は、大体決まっていて、大抵もう、前の合宿でポータブル碁盤を勝ち取っているんだよっ。

んじゃ……湯飲み？　本？　本は、棋力の問題もあるし、好き嫌いもあるだろうし……扇子？

そんでも、二年目は、まだ、ましでした。三年目になると……。

……かんっぺきに、賞品の候補が、ない。

いや、賞品は、いくらでもあるんです。ポータブル碁盤も、悪いことはないだろうし、ここの処うちの教室では、九路盤を使ってヨセの練習をしている、ということは、九路盤だって、あったっていい。

ただ。問題は。〝参加者が欲しがる賞品〟があるのかどうかって話……ですよね。

予算っていう大問題もあるし。

☆

何回目かの合宿で。スタート時からうちの合宿に参加してくださった方が、賞品を選ぶ時……なんと、まだ様々な賞品があったっていうのに、最初に賞品を選ぶ権利があったっていうのに……なのに、〝棋譜用紙とボールペン〟を選んだんです。

どっひゃあ。ついに、そう来たか。そう来るひとがでてきたか。他の賞品は、すでにあるか、いらないのね。

幹事としては、内心忸怩《じくじ》たる思いなんですが……ですが、他にどうしろって言うんだよっ。

……幹事だって、大変なんです。

☆

あと。大笑いだったのが、〝五目並べ〟です。

五目並べ。

殆どの方が御存知のように、これは、碁石と碁盤を使ってやるゲームです。縦でも横でも斜めでもいい、とにかく、黒なら黒の石を、白なら白の石を、いつつ、連続、並べればいい、そんなゲーム。

子供の頃、おじいちゃんに教えてもらったなあ。お正月なんかで親戚が集まると、おじいちゃんの碁盤を使って、いとこ達とこの遊びをさんざんやったような気がする。

そんで、ところで、このゲーム。

実は、囲碁をやった直後にやると……無茶苦茶混乱するんです。

何せ、使っている道具が一緒。石を置く位置が一緒。なのに、根本ルールが違う。

いや、普段だったらね、囲碁は囲碁、五目並べは五目並べで、まったく違うものだって判るんですが、何せ、ここは、囲碁合宿。もうずーっと囲碁ばかりやっていた人間が、いきなり五目並べをやろうとすると……。

合宿の終わり頃、私、ふっと参加者に五目並べを提案して……そうしたら、なんか、凄いことになっちゃったのでした。

「……ねえ……どうして、そっち、打ったの?」

「え……?　あ?　五目並べなら、私、こっち打った方がよかった?」

「いや、私も五目並べ久しぶりだからうっかりしてたんだけれど……この場合、そっちじゃなくて、ここ打ってれば、もう絶対的にあなたの勝ちよ?　なのに何だって……」

「や、けど、なんか、そこ打ったら次に抜かれそうな気がして、こんな初期段階で中央に向かってポン抜きされるのはすっごくまずい気持ちが……って、あ!　あ、ひょっとして、五目並べって、抜けない?」

あるいは。

「ねえねえ、今、どうしてここにいれなかったの?　ここにいれれば」

「そこ、着手禁止点じゃ……って……えあっ?　あれ?　五目並べって、着手禁止点、ない?」

一事が万事この調子で。とにかく、なんだか囲碁にひきずられちゃうんです。

「落ち着いて考えてみたら、五目並べの場合、何も、星だの小目だのに、初手を打つこと……ないですよねえ」

五目並べやっているのに。意味なく相手の石切っちゃうし（五目並べなら、斜めもつながっていて、切れないんだよー）、もう、ほんっと、ぼろぼろ。相手もぼろぼろだけれど、こんなこと書いている私もぼろぼろ。

これ、結構、ショックです。そんでもって、結構、面白いです。囲碁に熱中したあと、いきなり〝五目並べ〟をやるのって、ちょっと面白いかも知れません。

……もの凄く悪趣味かも知れませんが。

（あ、あと、それから。私、今、〝五目並べ〟って書きましたけれど、このゲームも、ちゃんと書くと〝連珠《れんじゅ》〟って名前があって、独自のルールがある筈です。私がここで書いたのは、あくまでも、おじいちゃんに教えてもらった、〝五目並べ〟の話であって、ちゃんとした連珠ではありません。ちゃんとした連珠は、きっちりゲームとして成立していますので、ここで書いている〝五目並べ〟は、あくまで〝うちのおじいちゃんの話では〟ルールです。）

コラム8 龍興会

この後。

この合宿に参加した方や他の方も含めて、私達、先生のファンクラブみたいな感じの、囲碁の会を作りました。毎月一回、先生に教えてもらう、そんな囲碁の会を継続しております。年に二回、合宿もやっております。

この原稿、初出が日本棋院の『週刊碁』という新聞だったので、特定の先生の名前を出すのはまずいかなって思ったので、連載当時は、すべて、「先生」っていう一般名詞で書いておりましたが、この先生は、宮崎龍太郎七段です。宮崎龍太郎七段の会なので、先生の〝龍〟の一字をとって、『龍興会』。

そんで。この会を作ってしばらくした頃、私も旦那も、火曜の囲碁教室に、通えなくなってしまいました。(物理的に仕事が忙しくなって、毎週火曜に日本棋院へ行くっていうのが無理になってしまったんです。)

結局、その時以降、教室には行けていないのですが、龍興会の方は続けております。

今の火曜教室、どんな感じなのかなあ?

●○　同好会

話はいきなり飛ぶのですが、私はいくつかの団体に所属してます。そのうちひとつが、日本推理作家協会で、(何でSF作家が〝推理〟作家協会にはいっているんだ？って質問を、時々うけるのですが……これ、ちゃんと説明するとすっごく長くなっちゃうので、割愛。まあ、ここに所属すると健康保険組合に加入できるっていう、まことに身も蓋もない事情もあります。)ここには、以前、囲碁同好会があったそうなのです。(〝あったそう〟というのは、私がはいった時には、休止状態だったので。)

うん。推理作家と囲碁。

なあんか、イメージですけれど、推理作家って、囲碁、強そうな気がしません？局面の先を読むっていうの、いかにも推理作家向きって感じだし、まあ、そういうイメージをおいといても、実際、推理作家には囲碁や将棋が強い人、多いです。

その頃の私は、囲碁始めて二年目くらい、月に一回ホームパーティで初段の人に打ってもらったり、同じ時に囲碁を始めた連中と打つ、週に一回囲碁教室に通う、時々は旦那と二人で囲碁イベントに参加する、そんな状態。

そんな時、以前、推理作家協会には囲碁同好会があったって知った私、がっかりします。囲碁同好会、今あったら、私絶対はいるのに。

そんでまあ、そんな話を、同じく推理作家協会員で囲碁が好きな人とちょっとしたら……なんか、いきなり、「じゃあ、同好会、復活させようか？」って話に、なっちゃったんですね。

しかも。この話、伝わるのと広まるのが、すっごい早かった。

実は私、一応SF作家でありながらも、もの凄い機械音痴で、パソコンなんて原稿書き以外では使わないんですが、私以外の作家さんは、結構みなさん、パソコンに詳しい。ミクシィやっている人がそれなりにいて、ミクシィやっている人達の間の情報伝達速度って、なんか、異様に早いです。

で。

そして、あれよあれよという間に、囲碁同好会、復活にむけて話がすすんでしまいました。

気がつくと、私は、いつしか、復活した日本推理作家協会の囲碁同好会の、世話役をやることになっていたのでした……。

☆

そんで、いざ、推理作家協会囲碁同好会が復活してみたら。

うわああ、どうしよう、私以外の人、みんな強いよー。（当時の私は、確か四級。で、どうしよう、この同好会、級位者なんて殆どいないの。三段、四段あたり前、八段なんて人までいるう。同好会復活当時、私、弱い方から教えて二番目でした。しかも、一番級位の低い方は、広島の方にお住まいなので、仕事があって上京した時にしか、同好会に参加できない、ということは、実質、いいだしっぺの私が、一番弱いのでした。なのに、私が、この同好会を引っ張っていかなきゃいけないんだよね……。）

これは。もの凄く新鮮な体験でした。

それまでも、初段の方に相手していただいたり、もっと強い方に打ってもらったりもしたのですが、そういう時は、大抵、相手の方、「教えてくれる」ってスタンスで打っていたんですね。ところが、同好会だと。

三段だの四段だのって人が、（いくら石を置いているとはいえ）平然と私相手に勝ちにくる。（いえ、あたり前なんですけれど。）

上手《うわて》って、凄いー。意地悪ー。

教室や、〝教えてもらう碁〟だと、こういう感覚って、なかなか味わえません。

もう、なんか、信じられない手の連続になるんです。

☆

たとえば。こんなケース。

左隅で、私はまず、小目に打って、のち、一手かけて、しまり、その上、なんだかんだあったので、更に一手か二手かけている。近所に白石は、あまり、ない。うん、ここまでして守ったんだ、どう考えても、ここは、私の確定地でしょ？（いや、勿論、強い人やプロには当然違う意見があるでしょう。でも、四級だの五級だのって連中の間では、ここは、私の確定地だよー。）

でも。そこに、白が、はいってくるんですう。

実力が伯仲《はくちゅう》している教室では絶対あり得ない事態だし、私に囲碁を教えてくれているってスタンスの上手の人も、こんな手は打ってこない。

けど……同好会では、これは、あり、なんですね。

そんでもって、そんなことをされてしまうと、私としては、わたわた、わたわた。

どうしていいのか判らない。

　ここまで守っている私の地にはいってくるっていうのは、多分、白はちょっと無理をしているんだろう。故に私は、白をとがめなきゃいけない。

　そこまでは、判るし、実際、そう思うのですが……とがめ方が判んないよー。

　そんで、私が、わたわたしているうちに、なんなく、白は、生きてしまうんです。

　あううう、私の一等地、台無し。

　あるいは。

　隅で小さく生きている筈の私の黒地の奥深くに、いきなり白が、石を置いてくるんです。

　……え？　……あれ？

　えーと、確か、この形は生きる筈で、なのに何だって、白はここに石を置いてきたんだ？

　訳判らないまま、何となく対応し、また白に変な処に石を置かれ、「あれ？　あれ？」なんて訳判らないまま、適当な対応をしていると……ぱしって感じで、石を置かれて、何故かいきなり、私の石、死んでしまったりします。いや、そこまでいかなくとも、コウになったり、セキに持ち込まれたり。（今なら判るな、私がちゃんと対応すれば、これ、無事に切り抜けることができた筈なんです。だから、上手の方にしてみれば、「新井さん、この石にちゃんと対応できるかな？」って気分で、石を置いてみて、私が対応できなかったものだから、「よし、じゃあ、この石落とそうか」って話になったんでしょう。）

☆

上手って、すげー。

上手って、意地悪。

心から、それを実感しました。

うん。

上手って、凄いし、その上、もの凄く意地悪なんですよね。（というか、囲碁って、実は、〝いかに効果的にちゃんと意地悪ができるか〟っていうゲームなんじゃないかっていう気が、只今の私、ちょっと、してます。そして多分、これは正しい。）

教室と違って、同好会は、人が一斉には集まりません。（いえ、一応、時間は決まっているのですが、そこはそれ、みなさん御都合もおありだろうし、〝同好〟の会だもの、その時間の枠の中で、自分が参加できる時間帯を選んで、その時間だけ参加するっていう格好になるんですね。)

　すると、ある特定の時間に、出席者が偶数になる確率は、きっかり二分の一です。

　つまり、二分の一の確率で、誰か一人、余る訳。すると余った人は、人の碁を見ることになる訳です。

　また、うちの同好会、強さの程度がとってもばらばらなので、強い人がかなり下手《したて》の人と打っている場合……結構、ちらちらと、強い人、お隣の碁盤を眺めたりしてます。

　すると、どうなるか。

　一局終わって、感想戦になった時、当事者以外に、左右から声がかかるんです。

☆

「新井さんのね、ここで白を分断にいった手、これは、よかった」

　検討している最中、お隣から、いきなりこんなこと言われたりします。

「なのに、白がこう打ったら、いきなり守りにまわっちゃったでしょ?　どうしてこれ、続けて打たなかったの?」

「え……あの……なんか、そこに打たれると、こっちが切れそうな気がして、それは

せ
私、とても嫌だと……」

「それは、白が切りにきてから、ここに打てば大丈夫でしょう。そんなことより、せっかく分断したんだ、ちゃんとそれを続けないと」

……その……白が切りにきてから守れば大丈夫って……思えないから、そんな自信がないから……私は、八つも石を置かせてもらっているのですが。

「せっかくいい手だったのに、結局、この石を打った意味がなくなっちゃったじゃない。打った以上、ちゃんとその石の顔をたててあげなきゃ、石が可哀想でしょう」

石の顔お？　どこにあるんだ石の顔。

あるいは。

「あれ？　そこの黒、死んだ？」

整地しかけた処で、いきなりお隣からこう言われる。ということは……。

「ちゃんと打ってたら、生き……ました？　この石」

「いや、そもそもどうして死んじゃったんだか、そこ見てないから……」

ということは、本来死ぬ筈がない石だったんだな、これ。余程酷《ひど》い手を打ったんだな私。

あるいは。

「え、ここの黒、生きちゃったの？」

「はいっ。（この時ばかりは嬉しそうに私。）これでやっと一目勝ちっ」

「……生きたんだ……」

ということは、相手が何かミスしたんで、私がここにはいったのは、無理だったんだ……。

教室でも、しょっちゅう、「ここで新井さんが間違えました」「この新井さんの手は無理です」って言われている私、検討はちょっと、苦手です。だってもう、指摘されるのは私のミスばっかりなんだもん。

その、苦手な検討が、同好会では、五割増しだよー。

ま、確かに勉強にはなるのですが。これをバネにして、強くなってやるぞおって、心から思うのですが。ちょっと、辛いよね。

☆

また。うちの同好会は、月に一回定例会をやっているのですが、それ、主に日本棋院で、です。（日本棋院の場所が市ヶ谷なもので、非常に地の利がよく、みなさん参加しやすいのです。それに、実務を担当している私が、週に一回、ここの教室に通っているので、部屋の予約など、手続きが楽なんです。）

そんで。教室のついでに、電話じゃなくて直接会場の予約に行ったら。

「ええっ、推理作家の人達がやっている囲碁同好会ですか」

なんか、驚かれてしまったこともありました。（正しくは、作家と編集者の、ですけど。）まあ、確かにうちの同好会には、非常に有名な作家の方が何人も所属している、名前をあげちゃえば、え、あの〝有名人〟がここに来るのかっていう驚きは判る、けど……。

けど。

日本棋院の方に、これ、言われたってなあ。

何故って。

どう考えたって、世間一般からすると、〝推理作家〟より〝棋士〟の方が、珍しい存在なんですもの。

☆

正しい数字は判りませんけれど。

世の中に、推理作家は、結構います。まあ、新人賞だけが推理作家への登竜門だとは思わないけれど、新人賞の数だけでも、たいしたもんです。江戸川乱歩賞でしょう、横溝正史ミステリ大賞でしょう、鮎川哲也賞でしょう、ああ、このまんま新人賞の名前をずっとあげてゆくと、それだけでこの原稿が埋まってしまう。(あといくつもいくつもあげられるような気がする……。)それに、新人賞っていうのは、一番判りやすい小説家のなり方だっていうだけで、勿論、賞をとらずに作家になる方だっている、賞をとらなくても、佳作や最終選考に残って作家になる方だっている。

それに対して。

プロ棋士になる為には、その為の試験を受けなければいけない。そんで、その試験に合格するのは、年にほんの何人か。

も、前提条件からして違います。

推理作家になるのより、プロ棋士になる方が、間口、ずっと狭いと思います。

それに。こんなこと書くと怒られちゃうかも知れないけれど……この間、私の通っている教室が、囲碁雑誌で紹介されていて、「これから碁を習おうかなー」って言っている叔母に、私、その雑誌を見せて自慢したんですね。したら、叔母、うちの先生の写真をみて。

「まあ、若くてハンサムな先生ねー、それでこの方、普段は何してらっしゃるの?」

……叔母さん。先生は、プロ棋士だ。だから、普段は〝碁を打って〟いらっしゃるんだ。どうも、なんか、うちの叔母、〝プロ棋士〟っていう仕事が存在するって、考えてもいなかったようで……。

そう。どう考えたって、推理作家より珍しいと思われる、プロ囲碁界の関係者に驚かれてもなあ……。

ま、もっとも。

先日、うちの同好会は、詩人の囲碁の会と交流大会をやったのですが、その時。

「え、詩人！」

「詩人も碁を打つのか！」

って、作家が驚くなよー。うちの旦那なんか、とってもわくわくと。

「作家なんかもう珍しくもなんともないけれど（……まあ……家に常時一人いますけどね）、俺、生きて動く詩人の人って、見るの、初めて」

こっちだって、人のことを言えた義理ではないような気も、します……。

●○旅先の囲碁

囲碁を始めてから。旅行する時、私と旦那は、マグネットの碁盤を、常に携帯するようにしています。

いや、これは、なかなかいいんですよ。列車の中とか、飛行機の中とか、無聊《ぶりょう》な時間を、結構囲碁で楽しめる。一局打ち切るだけの時間がなくても、お互いに詰碁を出し合うとか、色々できるし。

あ、これ、特に海外旅行でお薦め。列車に三時間揺られる、とか、トランジットの一時間なんかは、お互いに本を読んだり何だりして、双方勝手につぶすことができます。けど、飛行機に九時間だの十二時間だの乗っている場合は、これ、本を読んだり何だりでつぶすのは、結構、辛い。私は、もの凄く本を読むのが好きなんですが、さすがに、五時間以上も連続して、時間をつぶす為だけに本を読んでいると、あきます。なんか、他のことをしたくなります。そんな時、碁盤があって、旦那がいて、囲碁やってると、ほんと、これは、なかなか、いい。

それに、旅の思い出が、何かすっさまじく、豪華になっちゃうんです。

えー、日本人の常として、私も旦那も、旅行先では、結構写真をとったりします。

そんで、その写真が。それに写っている私達が。

もっのすっごく、豪華なイメージになるんです。

☆

ハワイにて、プールサイドで、トロピカル・カクテル片手に、碁を打っている私と旦那。

フィジーで、プライベートビーチのハンモックの上で、碁盤に手をのばしている私。

パリのカフェ、オープンテラスで。碁盤を覗き込み、唇をかみしめている旦那。旦那の向こうに広がるのは、パリの石畳。

☆

昨今の日本の状況を考えるに。

ハワイに行っただの、フィジーに行っただの、パリに行っただのは、全然、珍しい話ではないと思います。

けど、ここで、〝碁を打っている〟となると。

なんか、いきなり、優雅な感じが……して、きま、せん？

圧巻は、これだよな。

パリのホテル、スイートルームにて。

スイートですから、寝室と別に応接間がありますし、また、そこの内装がやたらかっこよかったりして、そこのソファにもたれ、かっこいいテーブルの上におかれた碁盤で、碁石を手に持つ私。

うわおっ。自分で言うのも何だけど、ちょっと凄いっ。

（いや。正確に言うならば。この時私達、普通のツアー旅行だったのですが……私達の泊まった部屋の水道に不備があって、部屋、変わらなきゃいけない事態になった訳です。んでもって、ホテル側の裁量で、ツアー料金で、スイートに泊めてもらったの。でも、そんなことは、言わなければ判らないから。）

普通の旅行だって、スイートルームは充分ゴージャスなんですが、これで碁盤を前にしていると、何か、ゴージャスにターボかかります。

この状況で、囲碁やっている私達って、なんか、とっても、とっても、優雅じゃない？

旅行——それも、海外旅行で、囲碁を打つと、なんかすっごくゴージャスな気分になれる。

と、まあ、そんな文章を、さっき私は書いた訳ですが、そして、それは、まったく嘘ではないのですが……ですが。

実は、〝旅先の囲碁〟の醍醐味は、国内旅行にこそ、あったんですっ。

日本国内を旅行する。んでもって、旅先で、碁を打つ。

これ……状況と、旅館にもよるんでしょうが……なんか、すっごく、いいぞっ。

☆

☆

ビジネスホテルは、さすがに駄目でしょうが。昔ながらの〝日本旅館〟には、かなりの確率で、囲碁盤があるんです！　何故か置いてあるんです！

知ってましたか、こんなこと。私は、知らなかった。

私がこれを知ることになったのは、母や妹夫婦と一緒の家族旅行で、甥や姪と一緒に泊まったホテルのロビーに、子供むけの様々なゲームが置いてあったのを見たから。(中には碁盤も将棋盤もありました。)ゲーム好きな甥がそれに引きつけられてしまいそうなのを、必死に引き止め、(だって、せっかく、妹夫婦、私達夫婦、うちの母で旅行しているっていうのに……こんな処まで来て、人生ゲームはないだろう……でも、ほっといたら甥は絶対に人生ゲームに走ったと思う……)観光しまくった、そんな経験があったから。

ただ。

甥のことは引き止めたものの、これ、ちょっと私の心にひっかかって……以降、旦那と旅行する時、設備概要なんかを詳しくみると、おお、碁盤があるって旅館やホテル、結構あるぞおっ。

☆

昔ながらの日本旅館、それも特に温泉地の日本旅館に行って、「碁盤、ありますか？あったら貸してください」ってでてくる碁盤は……少なくとも、今までの処、結構凄い奴が多いです。折り畳みの奴じゃなくて、当然のように足つきの碁盤がでてくるし、石だって、プラスチックやガラスじゃない。(勿論、賃貸料とられますが、大体これ、千円くらい。)

うおおっ。

和室で(日本旅館ならあたり前だ)、正座して、足つきの碁盤の前で碁を打つ。何たって、舞台は旅館ですから、自宅や何かに較べると、格段ときれい。床の間なんかがあることもある、書が飾ってあったりもする。大体、部屋の中が雑然としていないから、とっても非日常。

まして、旅館によっては、広くて立派なお庭なんかもあったりする。障子を開け放つと、かなたに広がるのは日本庭園、そんな状況下で、ぱしっ、ぱしって、私と旦那が碁を打つ。

すっ……すっ……すっげー。

すっげえ、かっこいいじゃないですか、私達。

うん、すっごく、かっこいいんですよ、私達。

仲居さんにお願いして、記念写真なんかとってもらうと、なんか、ほんとに思い出に残る絵になります。まあ、ただ……仲居さんが、「あらあ、夫婦で名人戦ですか、いいですねー」なんて、碁盤のぞきに来ちゃうとあせるのですが。(囲碁の判る人だったら……舞台に較べると、私達の囲碁が、お粗末すぎる……。)

●○　おじいちゃんの碁盤

〝おじいちゃんの碁盤〟……いや、とっくに成年に達している（というか、すでに社会的には中年だよな）日本人として、この表現は、どんなもんなのかなあ。

これ、ちゃんとした日本人としては、こう書くべきなんでしょうねえ。

〝祖父の碁盤〟。

でも。

私の気持ちの中では、これは、断じて〝祖父の碁盤〟ではなくて、〝おじいちゃんの碁盤〟なのです。うん、〝祖父の碁盤〟って書いちゃうと、それは、物品としての〝碁盤〟なんだけれど、〝おじいちゃんの碁盤〟は、物品じゃなくて、思い出の品なのね。

ああああ。もの凄く、感情的に、べたべた。

そんな気分で、この文章、書かせてもらっています。

☆

えーと。この間、うちの父の、七回忌の法事がありました。

この時。

この法要に参加した私と旦那には、実は、〝秘密ミッション〟があったのです。ここで何か、〝ミッション・インポッシブル〟(『スパイ大作戦』だよね)のテーマ曲が、頭の中で流れている感じ。

おじいちゃんの碁盤。できれば、それを、手にいれたい、という……。

☆

父の七回忌ということは、父が死んでから、六年がたったっていうことです。んでもって、六年前。父が死んだ時。形見分けっていう作業が、行われました。

私が囲碁を始めたのは、四年くらい前のことでしたので、当然のことながら、六年前の私は、囲碁に興味も関心も、まったくなかったのです。

だから私は、自分は父の蔵書を貰ったんだ、それ以外の様々な物品の行方なんて、まったく気にしていませんでした。(……つーか……あの……普通の、一般庶民の死、そしてその〝形見分け〟ですから。遺族が紛糾するような、〝経済価値があるような形見〟は、そもそも、存在していません。）

ですから。父の碁盤（私の気分の中では、〝おじいちゃんの碁盤〟）を、父の甥姪の中では最年長の、私からみてかなり年上のいとこが貰ったって知っても、当時の私は、何も思いませんでした。いや、むしろ。おじいちゃんの碁盤、いとこが受け取ってくれたのか、そのいとこは、「じき、定年になって暇ができたら、囲碁をやるつもりだ。その時は、この碁盤を使って……」なんて、未来像を、語ってくれてる。

おお、いいじゃん。将来、この碁盤、使われることがあると、いいなあ。

なんて思って、数年して、私は囲碁を始めて……そうしたら。

今更、なんですが。あの碁盤……今、どうなってるんだろうって気分に、なっちゃったんですよね、私。

勿論、碁盤はいとこのものです。それをどうこうしようだなんて、思いません。けど……大きな会社で結構出世していたいとこ、何年たっても、全然暇にならない感じなんだもん。忙しそうなんだもん。ということは、囲碁、始める時間がなさそうなんだもん。

こうなると。

どうなっているんだろう、今、あの碁盤……。

自分達が囲碁始めて、二年くらいたった時から、形見分けでいとこが受け取った碁盤のことが、なんだか気になりだしました。

「××さん（いとこの名前）が囲碁始めたら、〝思い出の碁盤〟だもの、××さんとおじいちゃんの碁盤で、記念に対局してもらったら？」

旦那がこんなこと言って、うん、それは、いいアイディア。そんなことしてもらえたら、私だってすっごく嬉しい。でも……肝心のいとこが、囲碁始める気配がないんですよね。

んで、そんなこんなで時間がたつうちに、私達は囲碁始めて四年目になり、それなりに強くなり、いとこは……囲碁を始める気配が、まだ、ない。

そんなこんなで、父の、七回忌。

さすがに、ここまでくると。

私と旦那、ちょっと、相談します。

「この法事でさ、聞いてみない？　囲碁の話題をだしてみて、××さんが、囲碁始める感じなら、〝思い出の碁盤の記念対局〟を将来的に所望するってことにして、もし、始める予定が今の処ないのなら……」

「碁盤、譲って貰えると、嬉しい」

かくて。

父の七回忌に際して、私と旦那は、〝秘密ミッション〟に取り組んだ訳です。〝できれば、おじいちゃんの碁盤を手に入れたい〟っていう……。

☆

……結果から言えば。

これ、〝秘密ミッション〟でも、〝ミッション・インポッシブル〟でも何でもありませんでしたあっ。

何たって、「あのね、実は、うちの旦那と私は、今、囲碁を……」なんて言いかけた瞬間に、いとこの方から、言われてしまいましたから。

「ああ、碁盤。欲しいんだろ?」

って……おい……そこまで、〝ばればれ〟だったのか、私達の〝秘密ミッション〟。

「こっちは、まだ当分、囲碁始められそうにないから、あげるよ、碁盤。そっちは車がないんだろ、何だったら、車で碁盤、運んであげようか?」

こんなことまで言ってもらって。うわあああっ。ありがとうございます。

☆

そして、貰った、おじいちゃんの碁盤は……。

何か、微妙に、そってる。

墨があっちこっちについてる。(祖父は、晩年、近所の子供を集めてお習字の先生をしていましたから。)

そんで、なんか、線があるー。(これは、多分、碁盤を机にして、この上で計算をしたり字を書いたりした人がいたから。点線もあるってことは、それにこの点線のつき方から言うと、碁盤を机にして、洋裁の型紙をとった人も、いるような気がするぞ。)

うん、私だって。小学生の頃、この碁盤を下敷きにして、押し花を一杯作ったもん。私が子供時代を過ごした実家は、大正時代の建築だったので、基本、和室。ということは、平らで硬い床ってものがなかったのですね。ここで押し花を作ろうと思ったら、碁盤の上に新聞紙しいて、そこに紙を載せ、その上に花を載せてまた紙を載せ、新聞紙しいて、更にその上に重石を載せるっていうのが、一番手軽だったんだもん。(畳の床は、こういう作業にまったく向いておりません。かなり沈むんだよ畳。)上に載せる重石になる、やたらと重量がある本には、本当に不自由しない家だったし。(まさか、それで、碁盤、そったのか?)

……碁盤には非常に申し訳のない事態なのですが。字を書いたり、型紙をとったり、押し花を作ったりしちゃいけないって、今の私は百も承知なのですが、でも。

これを見た時、私は、とても、嬉しかったです。

だって、これが、〝おじいちゃんの碁盤〟なんだもん!

これで、〝五目並べ〟、何度も何度もやったんだよな、私……。

●○　級位者からみた初心者

うわあ、この原稿、時系列がほんとにぐちゃぐちゃだな。

えーと、これから書くのは、今から一年くらい前の話です。

その頃の私は、気がつくと、囲碁を始めてすでに三年、無事、〝初心者〟から、〝級位者〟になっていました。

あ、いや、この説明は、何か変だぞ。だって、どんな初心者でも、最初っから級位者ではある訳で——それ以下のレベルってないからね——、ということは、私も最初っから、一応〝級位者〟ではあった訳で……。

えーと、ここで言いたいのは、なんと言うか、私が、一応、一桁の級位者になったって話です。うん、自分が、囲碁始めたばかりの頃は、八級だの、二級だのって人は、ほんっと、仰ぎ見る上にいたもんね。そんでもって私も、無事、何とか、初心者から仰ぎ見られる、一桁級位者になった、そんな頃の話なんです。

その頃の私は。前にもちょっと書いたように、日本推理作家協会で、それまで休眠状態だった、囲碁同好会を復活させるという事業に取り組んでいました。んでまあ、自分が復活させた同好会だもの、も、私、全身全霊をあげて、ちょっとでも囲碁に興味ありそうな人を、うちの囲碁同好会に勧誘しました。そしたら、はいってくれる人が何人かいて……。

結果、どんな事態が発生したか。

はい、まだまだ全然弱い私が、級位者にすぎない私が……まったくの初心者に、囲碁を教えなきゃいけない、そんな、頭抱えたくなる事態が、発生したのでした……。

☆

「えーと……」

うちの同好会に勧誘した、〝『ヒカルの碁』を読んで囲碁に興味を持った、でも、身近に碁を打つ人が一人もいない、囲碁のことは『ヒカルの碁』に書いてあったこと以外何も知らない、過去碁石に触ったこともない、けど、囲碁やる気だけは満々なんだよ〟って人を前にして……私は、困りました。すっごく、困りました。困り果てました。

というのは。この流れだと、まず私は、この人に対して、囲碁というゲームについて、ルールだの何だのを説明しなきゃいけない訳で……だけど。

この状態の彼女に対して、説明できる囲碁のルールは、ほんのちょっとしかない。

(というか……囲碁って、ゲームが複雑な割に、ルールは、ほんっとに、ほんとに、ほんのちょっとしかないと思いません？　しかも、単にルールを知っているだけでは、碁、打てるとは思えない。)

勿論、私は、そのルールを説明できます。

けど……これからする、私の説明を聞いて、彼女、怒らないだろうか？

……私なら、怒る。

実際、過去、初心者むけの囲碁の本を読んで、そのルール説明のあんまりさ加減に(〝あんまりさ加減〟って……あまりにもそっけないというか、それじゃ判らん！　というか……)、私、怒りまくった記憶が、鮮明にあるんです。

だけど。とはいうものの。やるしかない。

息を吸って。吐いて。では、説明、いってみましょう――。

「えーと、囲碁のルールは……まず、あの、〝代わりばんこに打つ〟。黒が打ったら、次は白、白が打ったら、次は黒。パスなしです」

あううう。こんなの、〝ルール〟って言えないですよね。あたり前ですよね。

「打つのは、碁盤の交点。碁盤の、線で囲まれた面の部分に打っちゃ、駄目です」

これまた、ルールって言えるようなものでは……。

「それから、すべての交点を囲まれてしまった石は、取ることができる」

おお、これでやっと、何とかルールっぽい雰囲気。ここで、実際の碁盤の上で、石を置いてみて、〝縦〟〝横〟はつながっている、でも、〝ななめ〟はつながっていない、この場合は石が取れる、この場合は石が取れない、なんて実例を示してみると、なんか、初めて、やっと、〝囲碁のルールを説明している〟気分になれます。

「という訳で、すべての交点を囲まれている位置には、石を置くことができません(着手禁止点です)。というのは、ここに打っちゃうと、最初っから、この石は、取られてしまうから。自殺はできないって話です。あ、けど、すべての交点を他人の石に囲まれている場所でも、そこに打つことによって、相手の石を取れるのなら、その場合だけは、そこに打ってもいいの。その場合、その石は、取られないからね」

……これ……私が言っていることは、正しい。確かに正しいんだけれど、まったくの初心者に、これで意味は通じているのか？

「あと……なんか想像がつくだろうけれど、このルールでは、十文字形が二つだぶったような形で、石を取ってしまった場合、それ、いつまでも、取ったり取り返したりすることが可能な訳です。それを防ぐ為に、この形での同形反復は禁止ってことになっています。一回、違う処に打って、それでも、相手がその石をつなげなかった時には、もう一回それを取ることができます（コウです。）」

……繰り返しますが、私の言っていることは、正しい。勿論、こんな説明をする時、私は、碁盤の上で〝コウ〟の形を作ってみて、それで〝コウ〟を説明しているんですけれど……。

けれど。

なんか微妙に……なんかその……〝これでいいのか？〟って気分になってしまうのは……どうしたもんなんだろう。

「そんでえーと、このルールで、石を、代わりばんこに打ってゆくのが、囲碁です」

ここで、もの凄く……困るんだな、私。

「そんで……今まで、石のとり方を説明してきましたけれど、実は、囲碁って、石を取るゲームじゃないの。最終的に、〝地〟の多い方が、勝ち。あ、〝地〟っていうのはね、黒なら黒の、白なら白の、石で囲った場所のこと。だからその……今まで説明した、石をとるルールはおいといて、とにかく、地をより多く取った方が勝ち。……えーと……この説明で、判ってくれたあ？」

……ほんとに私、嘘は何一つ、ついていないよなあ。正しいことしか、言っていないよなあ。しかも、これで、囲碁の基本ルールは、全部ちゃんと説明しているよなあ。

でも、この説明で、囲碁のルール……判れっていう方が、無理なんじゃないかっていう気がする……。


もう、三十年近く前の話。

当時は、パソコンというものが、まだ、まったく普及していませんでした。（勿論、そのずっと前から、一部マニアの間では、コンピュータ、とっくに流通していました。だから、この場合の〝パソコン〟って、〝家電の一種〟。マニアじゃなくて、一般の人が、家電としてのパソコンに手を触れ出した、そんな時代のお話です。）

そんで、その時。

初めてパソコンを買った、初めてパソコンを使うようになった、そんな一般人の間で、たとえようもなく不評だったのが、パソコンのマニュアルなのでした。

今ここに現物がないから。記憶だけで書いてしまうと。

あの頃のマニュアルって、大体、こんな感じだったんです。
一、電源プラグを差し込みます。

二、コンピュータ本体の電源を、ONにします。
こんな感じで、マニュアル、始まっていたんですよね。

すべての家電製品において、これは、あたり前です。こんなこと、マニュアルに書いてなんか欲しくないです。電気使っている製品である以上、コンセントにプラグを差し込まず、スイッチをオンにせず、それで動くものがある訳ないって、誰だって判っています。（んー……えーと……扇風機の使い方ってマニュアルが、もし、あったとして。一、電気プラグを差し込みます、二、電源をONにします、なんて書いてあったら。腹、たちませんか？　そんなの、あたり前だって思うでしょう。）

で……けど……三、が。

なんか、突拍子もなく、説明がすっとんでしまうんです。
三、初期化をします。
だの。
三、ソフトをインストールします。
……おいっ！

そこが、一般人には、判らないんだ！　生まれて初めてパソコンに触れた、一般の人間は、まさに、そこが、判らないんだ！　〝初期化〟って何だ、〝インストール〟って何だ。

コンセントにつなぐとか、電源をいれるとか、そんな〝常識〟をくだくだ説明しておいて、肝心かなめの、一番判らない処を、この一行で済ますって、あんたには常識ってものがないのか！

そんで。

自分でやっといて、何なのですが。

私の、〝囲碁ルールの説明〟も、まったく同じ轍《てつ》を踏んでいる感じなんですよね。

確かに私は、囲碁のルールをちゃんと説明した。この説明に間違いはないと思う。でも……この説明で、碁、打てるのか？　この説明聞いただけで、さて、ぱちっと石を置けるのか？

それに、そんなことをいうのなら、三十年前のパソコンのマニュアルにも、間違いは何一つなかった訳で……ただ、説明不足だったただけで……。

説明不足。うん、私がやった、初心者用の囲碁ルールの説明には、圧倒的に不足している部分があります。それは、〝死活〟の概念で……でも、けど、こんなもん、いきなり初心者に説明できる自信が、私にはなあいっ！

……ということは……これで何とか打ってもらうしか……。

同好会に、私が勧誘した、ほんとの初心者が何人か加入してくれると、私、初心者に囲碁のルールを教えながら、初心者同士の囲碁を監督することになりました。（わあっ、偉そうっ！　自分で書いててなんか恥ずかしいよな。けど、ほんとの初心者同士が九路盤で戦っていると、特にすみっこの場合、「ここに打てるのかどうか判らない」「ここに石を打った場合、相手の石を取っていいのかどうかが判らない」「そもそもいつ終わりにしたらいいのか判らない」っていう事態が、非常にしばしば発生しますので、誰かが見ていないといけないのよ。）

初心者のみなさまは、こんな私に、非常に気を遣ってくださいます。

「ごめんなさい、新井さん、こんなことやらせて」

「すみません、新井さんだって、他の方々と打ちたいだろうに」

いいえ。

そんなこと、言うこと、ないです。

だって。

これ、少なくとも、今の処、私には、とっても面白いんだもん！

☆

碁って……こんな、スリリングなものだったのか！

驚きました。

初心者の方は、一応一桁級位者になった私からすると、とても考えられない手を打って、勿論、相手が一桁級位者なら、あっという間にその手、粉砕されてしまうのですが、相手も初心者だと、それがそのまま通ってしまったりして、その上、相手がまた、考えられないような処に石を置く！

す、す、すげー。

九路盤は狭いので、ある程度以上手数が進むと、私でも勝敗を計算することが可能です。

そんで、その、勝敗が。

シーソーのように、ぎったんばっこん、しているんだもん。

「お、これは絶対黒優勢。確かに黒には、一ヵ所傷があるけど、今回黒番だもん、そこツイでおけば、万事ＯＫ」

と、思っていたら。何故か、そこを、黒が、ツガない。

「うお、ということは、ここを白が切る。その場合攻め合いになって、一、二、三、四……おお、白が勝つな。ということは、ここの黒が抜けて……ということは、ここの黒、死ぬ。全オチだ。ということは、白が圧勝」

と、思っていたら、何故か、そこを、白が、切らない。

「よし、なんか判らないけれど、白が油断したんだ、黒、ここをツグんだ。これで黒の勝利が決まる」

んで、黒は、ツガないんだなー。しかも、白も、何故かどうしてか、そこを切らない。二人共、全然関係のない処にひたすら石を置き続けて。

そんなことを続けていると、圧勝だった筈の黒、別の処でどんどん失敗を繰り返して、あら、気がつくと、仮に黒がここをツイでも、黒の勝利、怪しくなってきちゃったな。おやおやこれは……なんて思っていると、白がまた、自分で自分のダメを詰めちゃって、え、そこ詰めると、これ、黒の放り込み一発で、物凄くやばい事態になるのでは……?

一つ、石が置かれるごとに。勝敗が、ぎったんばっこん、あっちいったりこっちいったりしちゃうんです。

スリリング……。

あまりにもスリリングで、あんまり楽しくって、ずっとずっと私、初心者の方の碁に見ほれていたんですが……ふと。

ここで、ふと、我にかえると。

ひょっとして、私も、高段者の方から見れば、おんなじようにスリリングな碁を打っているんじゃないかって気がしてきました。

☆

毎週通っている、級位者向けの囲碁教室なんですが、ここでは、毎回、先生が講義のプリントを作ってきてくださいます。そこでまあ、定石を習ったり、手筋を習ったり、いろいろ教わる訳なんですが、そんな中に、「次の一手」っていう奴があります。

これ、教室の棋力にあわせて先生が作ってくれる訳だし、場合によっては、A、B、C、Dって、先生が候補地をあげてくれているので、じっくり考えると、教室のみなさま、割合正解率が高いです。

まして、その後、先生の解説を聞くと、「確かにっ。今、この時点では、まさに、ここ！ ここに打つしかないんだわっ！」って、心から納得し、「ここに打たないだなんて、そんな莫迦なこと、する訳ないじゃん」なんて思ってしまうのですが……。

（うん、そうなの。問題として出された時は、「うーん、なんとなく、ここの方が大きいっぽい？」とか、「微妙に、この辺の石、弱いような気がするから……」って程度で答を選んでいる私なのですが、解説を聞くと、あら不思議。「大きいっぽい？」なんて思っていた処は、その後の進展をみると無茶苦茶大きく、「微妙に弱いような」なんて思っていた石は、手を抜いた瞬間、あっという間に根拠を奪われ、逃げてゆくだけの石になっちゃうんだもん。）

ですが。先生は、毎回私達の碁を見てくれていて、そこから、問題を作っているっていう話を聞くと……と、いうことは、私達、平生、こんな局面になった時、絶対、正しい処に打っていない、だから、先生がプリントにしてるって話に……なるんじゃないですか？

しかも、です。これ、問題になっているから、その上、A、B、C、Dなんて選択肢が作ってあるから、なんとか正解に辿り着ける訳で、まったく同じ形を見ても、問題になっていなかったら、私、深く考えずに、なんか適当な処に、石、置いちゃいそうな気もします。（いや、実際、私達生徒は、間違いなくそうやって、適当な処に石を置いているんだよ。だから先生が、プリントを作っているんだよ。）

……これ……先生からみたら、もの凄くスリリングな囲碁を、私達生徒は、毎回繰り広げているって話に、なるんじゃないでしょうか。

スリルとサスペンスの火曜囲碁教室。うーん、まるで二時間ドラマのようだけれど、こんなドラマ、もしあったとしても、間違いなく視聴率は稼げないだろうなー。

●○　家庭内平和を目指して

旦那と一緒に囲碁をやっている。大体強さがつりあっている。二人で囲碁教室に通っている。

と、まあ、こんなことを言うと、羨ましがられることも、稀に、あるんですが……そうじゃないケースの方が、何故か、とても、多いです。

そうじゃないケース――まったく、羨ましがってもらえないのね。いや、それどころか。

「よく喧嘩にならないねー」

って、驚かれてしまう。

はい、家族と一緒に囲碁をやっていて、実力がつりあっていると、それはもう、喧嘩の種ばらまいているみたいなものらしいのです。

んじゃ、こんなこと書いている我が家はどうなのか。二人共とっても人間ができていて、どちらが勝とうが、和気藹々と感想戦やってるのか。

そんなこと、ある訳が、ないです。

前にもちょっと書いたことがあると思うのですが、最初の一年くらいで……私も、旦那も、こりました。家庭内で、強さがほぼつりあっている二人が、食後の楽しみとして、晩酌しながら囲碁やってると（また、〝晩酌〟っていうのが、決定的にまずい。双方共に自制心の防波堤が普段より決壊《けっかい》しやすくなっている）、いつ大惨事が勃発するか判らない。このままでは、共通の趣味ができたのがきっかけで、離婚まで突っ走るっていう、最悪の状況になりかねない。

まあ、とはいっても。勿論、二人共大人ですから、「きー、負けた、口惜しいよー」って怒る訳ではないのですが（負けた瞬間、拳を握りしめて、みるみる目がうるんでくる子供。こんな風な悔しがり方ができた方が、いっそ潔いような気も、しますね）……直接的に怒れない分、負けた大人は、たちが悪い。

旦那のことを書くのは、なんか悪いので、自分のことを書きますと……。

負けた瞬間、まず、むっとします。腹の虫をおさえながら、感想戦につきあって、「ここはおまえ、うまく打ったよなー、ここ打たれた時、やられたって思っちゃったよ」なんて台詞に、心の中で、「でも勝ったのはあんたじゃん！」ってつっこみいれつつ、口にしては何も言わず……そのかわり。

「あー、また靴下、脱ぎっぱなしで裏返しでほっといてる！」とか、「お風呂はいる時、窓あけたなら、絶対閉めてっていつも言ってるじゃない！」って、全然関係ない処で、普段気に障っていることを、みつけ次第、怒っちゃうんですよねー。

ああ、これは、いかん。自分で考えても大人げない。こんな怒り方は最低だ。

と、まあ、こんなことになってしまうので……「家庭内平和」の為に、私と旦那は、基本的に対局をしないってことで合意しました。

でも、せっかく四十を越してからできた、夫婦共通の趣味だもの、一緒に教室にまで通っているんだもの、これを夫婦で楽しまない手はないって気も、同時にしてて……。

だから、私達夫婦は、週末には大体、二人で楽しく碁盤を囲んでいます。

対局をせず、「家庭内平和」を目指して、二人で囲碁を楽しむ。

この手法を編み出すのに、結構、苦労したんです……。

☆

対局をせずに、休日の夜は、夫婦そろって囲碁を楽しむ。

む……むずかしい。大体、囲碁って、対局しなきゃ何するんだ。

ま、一番最初に思いつくのは、詰碁か棋譜並べなんですが、これも、二人でやってりゃ、最初のうちしばらくは、それなりに楽しかったりもするのですが――すぐ、飽きました。（いや、飽きたっていうか……特に〝棋譜並べ〟なんて、ほんとに勉強するつもりなら、一人でやった方が身につく気がするんですよね……。）

そこで、考え方を、ちょっと変更。

☆

最初のうちは、二人で本見ながら、二人で詰碁、解いていたのですが、それをやめて。片方が問題だす側、もう片方が、問題解く側に分かれてみたんです。出題者は、最初っから答を見て問題を並べ、解答者はヒントも含め、本そのものを見ない。

こうして詰碁をやっていると……結構面白いんです、これ。なんか、表現が変だけれど、〝裏詰碁〟やってる気分。

問題が簡単だったり、解答者が冴えていた場合、結構すぐに正解手順が判っちゃって、ピンポイントで正解位置に石をおかれたら、その回は、それでおしまい。ここで、攻守、ところを変えます。

ところが、問題がむずかしかったり、解答者が何かとんでもない錯誤を抱いている場合、初手が間違っていることも、ありますよね。そんでもって、詰碁の本って、(まあ、本にもよるのでしょうが)、正解手順はちゃんと書いてあっても、失着《しっちゃく》については、あんまり詳しく触れていないことが多いんです。まあ、すべての失着をフォローするだけの字数もないって事情もあるでしょうし。こうなると、出題者は、実力で、解答者の間違った手順を粉砕しないといけません。

そう。この詰碁では、実は、棋力試されているの、出題者の方なんですよー。詰碁であり、正解がある以上、初手や三手目、五手目が間違っていたら、それは粉砕されないと嘘です。そんで、ここからは本の助けもない、実力勝負。二人の棋力が大体つりあっているから、実力が等しい相手が間違ったことを、実力が等しい相手が(本の手助けなしに)粉砕するのは、結構、大変です。そんで、大変だから、これ、面白いです。(こういう状況になるのが面白いので、なんか、〝裏詰碁〟って言いたくなっちゃうんですけれど。)

これはもう、私も旦那も本気で戦っているんだけれど、どっちが勝つって話ではないし、収拾があまりにむずかしかったら、文句は、「もうちょっと解説してよー」って、詰碁の本の制作者の方へゆくし、家庭内は平和です。

☆

同じ意味で、これは「あたり」だなーって思ったのは、手筋の問題。

詰碁は、世界が結構狭いし、生き死にがはっきりしちゃうけれど、手筋の場合、詰碁より世界が広いじゃないですか。しかも〝相手の石を殺す〟ことが根本命題じゃない。ということは、考え方にも幅がでてくる訳で……これ、出題者側は、結構面白いし、勉強にもなるし、解答者側も、面白くって勉強になる。

そしてその上。

家庭内は、平和です。

☆

うちの旦那は、結構まめな人なので、私達、大盤解説を、割とよく見にゆきます。(何とか杯って名前がある奴は、大盤解説、やってることが割とあります。他にも、囲碁セミナーだの何だので、大盤解説やっているものは、それなりにあります。んで、旦那は、非常にまめにこれらの情報をチェックしているので、去年だけで、五、六回、私達は大盤解説、見に行ったんだよね。しかも、大体、只の奴を。)

そんで、二人して大盤解説を見て、帰りの電車の中で。

「いやあ、今日の碁、面白かったよねっ」

「後半が凄かったよな、あれ、もう、絶対黒勝ちだと思っていたのに……」

「白の巻き返しも凄かったけど、私、未だに黒の何が悪かったのか、判んないのー。あそこまで黒がよかったのに、何だって白が勝つんだろう」

「……まあ……俺らが思っていた程、黒、よくなかったって話なんだろうと思う」

「でも、ほら、まんなかくらいで。飲み込まれたって思っていた黒の石が、実は連絡可能だって判った時、興奮したよね」

「あれはなー、凄かったよ、そそけだっちゃったもん、俺」

てな会話ができるのは、夫婦で囲碁やっている醍醐味ですよね。（あと、棋力が大体つりあっているから、お互いに共感ができる訳で、棋力が隔たっていると、こんな話には、多分ならないような気もする。）

しかも。これには余禄があるんです。大盤解説があるような勝負って、将来棋譜が手にはいっちゃう可能性が高いんですよね。（それこそ、『週刊碁』に載っていたりするんだな。）

すると。

「ねーねー、旦那、この間の棋譜、載ってるのー」

「お、あの逆転劇か？ 並べてみるか？」

てんで、夫婦二人して棋譜並べ。二人共、大盤解説見てますから、これはもう、楽しさ倍増。しかもその上。

「この時ね、解説の先生は、ここに打つ一手だって言ってたじゃない、実際そこに打たれたんだけれどさ、私、あの時、こっちに打ちたいなーって……」

「あ、俺もそれ、ちょっと考えた。でも、解説にもならなかったってことは、その手って、絶対ないんだよな」

なんでだろう……ってことで、並べてみると、確かに、この手、将来性がない。並べてみたら判る、そんな手打ったら死んじゃう。

「プロって……こんなの、並べなくても判るんだー」

「凄いなあ……」

もう、ほんっとに、和気藹々。家庭内、非常に平和。

しかも、最近では、ネットで棋譜が判る棋戦もあったりするので、その場合、家に帰ると、二人揃って、ネットで棋譜見ておしゃべりすることも可能です。

この楽しさは、夫婦で囲碁やっている人達以外には、絶対判らない筈っ！

（いや、もう、私、夫婦で囲碁やっていることを、何とか自慢したいんですよー。絶対、自慢したいんですよお。なのに、羨ましがってくれる人があまりにもいないので……お願い、羨ましがって！）

って、まあ。この原稿の書き方には、ちょっと問題があるよな。この書き方だと、何か私達夫婦が、非常に囲碁、強そうに見えてしまうのですが……そんなことは、ありません。

はっはっは、これが、「実力が伯仲している人間が二人でやってる効果」だあ。同じ程度の棋力だから、双方共に納得して会話してるんですよね。かたっぽがもっとずっと強かったら、多分違う会話になった筈。

☆

と、ここで。

いきなり話は変わって。私が通っている囲碁教室の話になります。（これ、今の話題の補強です。）

教室で、対局が終わった時。

私が、十五級だの十級だのって頃は、先生、私と対戦相手の問題点を指摘する為に、碁盤の上で、問題の形を作ってくれていました。そんで、形ができたところで、「新井さんはここに打ちましたけれど、この場合、こっちに打たれると、とても困るんですね、というのは……」って解説になったのですが……。私が、一桁級位者になった頃から。（えーと、教室では、大体同じような強さの人が対局してますから、私が一桁級位者になったってことは、対戦相手も、一桁級位者だってことになります。）

先生は、いきなり。

「じゃ、初手から並べてみて下さい」

そ、そんなことを言われてもなあ、私、覚えていないもん。

そう思っていたのに。実際、私は、自分がどこに打ったのかなんて、まるで覚えていなかったのに。

なのに、相手がいると、不思議なことに、結構、復元できるのです。

「えーと、まず、私、星に打って」

「私も星に打って」

「んで、小目」

「で、カカった」

「シマって」

「あいている小目」

「で、カカって」

おお、成程。〝石の流れ〟っていうのがあるので、双方の石がどこにあったのか、二人で相談すると、判ったりする。まあ、ぐだぐだの乱戦になってしまえば、いきなり二人共、判らなくなってしまうのですが、布石は、相談さえすれば、結構思い出せるものだし、中盤も、「ここで私、切ろうかどうしようかすっごく悩んで、結果として……」なんて思い入れがあるので、対局者がそろっていると、結構、何とか復元できるものなんです。

そう。囲碁って、一人じゃ、自分の対局、まず復元不可能なのに（いや、勿論、強い人はできるんだろうと思うの、今は、級位者の話をしているんだからね）、二人いると、これが結構、できてしまう。

☆

同じことです。

一人で見に行ったのなら、多分、私は、「ああ、楽しかった」って程度のことしか覚えていないだろうと思います。それが、二人で見てきたから。

「えーと……よく、覚えていないんだけれど、あの時！　なんか、中盤で、中に取り残された石がつながっちゃったあの時！」

「ああ、あの時。白がコスんで」

って受けてくれる旦那がいるから。二人で見てきているから。

楽しく、記憶の中の大盤を、復元できる訳なんです。

おおっ。

くどいけど言っちゃうぞっ。

夫婦で囲碁やっていて、よかったあっ。

●○　雑談・棋士のサイン

ここの処しばらく、割と〝囲碁〟っぽい話題が続いていたので、この辺でちょっと、雑談にいってみたいと思います。（いえ、そもそもこの原稿、雑談しか書いてませんけどね……。）

☆

前にもちょっと書いたと思いますが、うちの旦那は非常にまめな人なので、各種囲碁イベントにやたら参加しています。また、同時に、結構ミーハーでもあるので、我が家には、棋士のサイン色紙や扇子が、もう、やたらにあるんです。

そんで。若い棋士の方のサイン色紙（と扇子）……これが、私には、ちょっと、謎でした。

☆

仮に、あなたが、十七くらいの年だとして。いきなり、かなり目上のおっさんに色紙をつきつけられて、「サインしてください」なんて言われたら……どうします？

いやあ、あなたが仮に山田太郎だとして、〝山田太郎〟って書くのは、簡単なんですよ、でも、ものは、色紙だ。面積が、すっごく、広いです。

あなたにサインを依頼してきた人が、仮に〝田中一郎〟さんだとして、「田中一郎さまへ　〇年〇月〇日　山田太郎」って書くだけじゃ、色紙、すかすかです。あまりにも、すかすかです。なんとかして、この空白を埋めなければいけない。

そんで……だか、どうか、判らないのですが、棋士のみなさまは、おのおの、なにか、色紙に字をお書きになるんですね。相手の名前、自分の名前、年月日、それだけじゃ埋まらない空白も、何か書く言葉があると、うまいこと埋まったりします。

えーと、あげた例が〝十七歳〟だったので、うちにある、若い棋士の方の色紙を例にとると……。

〝向日葵《ひまわり》〟これは万波《まんなみ》佳奈さん。

〝真善美〟これは謝依旻さん。

〝流水〟これは奥田あやさん。

(何故、女性ばかりなのか？　はい、答は簡単。男である旦那が、女流棋士を優先してサインもらってきていたからです。)

勿論、それなりのお年で、女性でない棋士の先生も（例えば武宮正樹先生とか）、色紙には、何か言葉を、書いてくださいます。

☆

なんだってこんなことをうだうだ書いているのかっていうと、私自身が、非常に似たことを経験していて、なんか、気持ちが判るような気がするからです。

私は、十七の時、とある新人賞の佳作にはいって、作家になりました。んだもんだから、十七から、色紙にサインを求められた経験があるんですよー。(それも、主に目上の方に。)

これ、求める方は、とても気軽。でも、求められた方は……特に、十七やそこらだと、もう、どうしていいんだか判らなくなるんです。この気持ちは、多分、三十や四十になってから作家になった方には（同じく、その年代のプロ棋士の方には）、判らないと思います。

自分の父親みたいな年齢の方に、サインを求められる、しかも、ものが色紙で、とても広い。これ、ほんっと、どうしていいのか判らない。

こんな気持ちは……多分、判る状況になる人、滅多にいないような気がする……。

☆

作家デビュー当時、十七だった私は、この問題に、もう、やけのような解決法を編み出しました。

絵、描いちゃえばいいんだよ。

十七の子供が、四十や五十すぎている方に、まがりなりにも〝小説家として〟サインを求められる。(ここで重要なのは、〝小説家として〟って部分です。こんな場合、まさか、「仲よきことは美しきかな」なんて書く訳にはいかない。)でも、色紙は広い、だから、絵を描く、いいじゃん、これに何か文句ある?

と、いう訳で私は、色紙にサインを要求される度に、絵を描くことになり、いつの間にかそれが定型になり、最初に描いた猫の絵が、どんどん洗練されてゆくことになり……結果として。

只今の私は、色紙をつきつけられたら、相手が年下であっても、問答無用で猫の絵を描くようになってます。

(自分で言うのも何なんだけれど、これが本当に洗練されて、実に何というか、〝様式美〟っていう感じ。自分で自分がサインした色紙を見ても、それが、去年サインしたものだか、二十年前にサインしたものだか、区別、できません。そのくらい、まったく同じ猫の絵が、描けるようになっているのね、私。——トレースしたら重なるんじゃないのか?——実際、十年くらいの間をおいて、同じ旅館に私、泊まったことがあって、どっちの場合もサイン色紙を残していて、おお、驚くべきことに、この色紙、はいっている年月日以外、区別が自分でもつかないんだわー。凄いな、熟練って。)

って、何の話を書いているんだ、私は。

えーと、とりあえず、私が言いたいのは……若い人が、目上の人に、色紙なんかでサインを求められると、余った空白をどうしていいのか本当に辛い、実際、そういう目にあった私は、〝絵を描く〟という方法を見いだした、同じように、若手棋士のみなさまは、〝何か決まった字を書く〟という方法を見いだしたんじゃないか……って話なのでした。

いや、でも。これは、違うな。

そもそも、〝絵を描く〟私の方が変なのであって、色紙って、普通、字を書くもんですよね。だから、棋士のみなさまが、色紙に字を書くのはとても正しくて……。

ただ。とはいえ。

おんなじ字を書き続けていれば、それは、その字を書くの、次第に習熟してしまう訳で、だから、みなさん、書く〝字〟が、とても、うまい——って、違うっ！

違うっ。これもまた、話が、絶対、違ってきちゃってる。

そもそも、「棋士の人って、なんかやたら字がうまくない？」って疑問をもった処から、この原稿、始まっているんです。

〝若い棋士の方の色紙が謎だ〟って書いたんですよね、私。

それ、要するに、こういうことです。

サイン色紙や扇子をみると、若い人でも、みんな、やたらと字がうまい。それも、筆で書いた字がうまい。

これは、一体、何故なんだあっ。

話を、戻しましょう。

プロ棋士の方は、みなさん、色紙にサインできます。何か、言葉なんかも書いたりしちゃいます。そんでもって、それがまた、実にうまい字なんだよなあ。

これ……何故なんでしょう。

プロ棋士って……お習字が、必修？

しかも。

☆

私、小説家っていう商売を、もう三十年かそこらやっておりますので、サイン会なんてものも、やったこと何度もあります。

そんで、サイン会っていうのには、筆記用具が様々用意されています。

サインペン、ボールペン、筆ペン、その他。

まあ、他の作家の方は知りませんが、少なくとも私は、使うのはサインペンのみです。のみですっていうか……他のもの、使えません。

ボールペンはね、私、筆圧がやたらと高いので、使えないです。（すぐにインクがなんかぼたぼた状態になってしまいます。）

筆ペンは、作家によっては使う方いらっしゃるのかも知れませんが、少なくとも、私は、使わないです。（筆でまっとうな字を書ける自信がないです。）

なのに。

棋士のみなさんは、筆ペンをお使いになるんですよね。

筆ペンで、サインができる。

これ、相当字がうまいか、ないしは筆に慣れているっていう話になるんですよね。

ここで、最初の疑問に戻ります。

棋士って、お習字が、必要なのか？

☆

もっと驚くべきことには……棋士って、色紙だけじゃなくて、扇子にもサインするんですよね。

扇子！

これ、自分がサイン求められることがあるから断言するんですが、扇子！　こんなの、こんなの、こんなに、こんなに、字を書きにくい媒体は、多分、あんまり、ないぞっ！

勿論、作家だって、本以外のものにサインすることはあります。Ｔシャツだの、鞄《かばん》だの、変なものにサインを求められたことはあります。けど、棋士の場合、色紙がスタンダードなのと同じくらい、扇子も、スタンダードなんですよね。

扇子。

思いっきり広げて、両端をおさえてもらったとしても、もの凄く字が書きにくい。絶対に段ができる。間違いなく段々がある。字が書きにくいにも程がある。でも、これに、サインするんですよね、棋士のみなさま。その上、筆ペンで、しかも、字がお上手。

もの凄く、謎です。

何で棋士のみなさまは、こんなものにちゃんとした字が書けるんだ？

ほんとに、棋士にとって、お習字って、必修？

若手棋士のみなさまなんて、囲碁の勉強するだけでも大変だろうに、プロになる為には、お習字までしなきゃいけないの？

●○　強くなってる……？

先日、うちの教室で、四回目の囲碁合宿を行いました。そんで、これがまた、滅法楽しかったんですよね。四回目ともなれば、大体の参加者は、気心が知れているし、囲碁、そのものも楽しいけれど、おしゃべりをしたり、一緒にお酒呑んだり、合宿そのものが楽しいって感じ。

（あ、勿論、新たに参加してくれた人達だって沢山いるし、ずっと常連さんだったのに、お仕事が忙しくなっちゃって、ここの処教室に来れなくなっちゃった人だって、います。でも、そういうの、全部呑み込んで、楽しかったの。）

そんで。合宿をやってみて思ったんですけれど……強くなってる？　少なくとも、前よりは強くなっている？　私達。

☆

うちの合宿では、先生が全員に一回、指導碁を打ってくださいます。そんで、指導碁の際、手があいている生徒が、指導碁受けている人の後ろに立って、その指導碁の棋譜をとるのが慣例なんですけれど……ああ、棋譜とるの、以前に較べると、とっても楽。

最初の合宿では、棋譜をとるのは初めてって人が一杯いて（というか、棋譜なんてとったことある人の方が少なかった）、「あれ？　置き石があって、白が奇数の筈なのに、気がついたら白が偶数！」「98が二つある！　何故同じ数字が二つある！」「うわ、何が何だか判らなくなった」って大騒ぎだったのに……今は、なんか、棋譜とるの、結構簡単です。（今回合宿に初参加、だから、棋譜とるの、これが初めてっていう方が、「白が偶数になっちゃった！」「番号が変よ、何か変よ」って感じになるの、慣れている人がフォローするっていう雰囲気にまで、なってます。）

これは勿論、「強くなった」っていうより、「単に棋譜とりに慣れた」って話ではあるんでしょうが……でも。

私に限って言えば、昔は、石がぽんと置かれた時、「えーと、この石は、右から数えて、一、二、三……九番目、そんでもって、上から数えて……」って、一々数えていたの、まったく数えなくなりました。「星の石にカカった石から二間ビラキか」「そんで、次の白は一間にボウシ」「んでもって、黒はコスんで割っていくのね」

あの頃に較べると、理屈が判る分、棋譜もとりやすい。

そして、数えなくてすむ分、ゆとりがあるせいか、棋譜とりながら、考えることもできるんです。（先生が複数人相手に多面打ちしてますから、順番がまわってくるまで、結構時間があるんです。）

「この場合は……うーん、一回コスんで、受けてもらってから、二間にヒラく。いや、単にヒラくって手もありかな。そっちの方がいいかな」

なんて考えていると順番がまわってきて、おお、二間ビラキ。あらかじめ考えていた手ですから、棋譜につけるの、とっても簡単。

……こ……こ……これは。

確かに、棋譜をとるのにも慣れてきたんですけれど、強くなってもいるんじゃないでしょうか、私達。

ねえ、ちょっとでも、強く、なってる？

合宿をやって、「ひょっとして私達、強くなってる？」って、もの凄く感じたのは、一色碁でした。

これ、第一回の合宿では、『ヒカルの碁』ファンの人がやりたがって、ちょっとやってみて（私はその時、棋譜をとっていた。いや、級位者の場合、棋譜をとっていて、「そこは黒だよ」「その石は実は白」って言ってくれる人がいないと、一色碁なんて、打てるもんじゃないです。すぐに、どの石が黒でどの石が白だか、判らなくなるから）、そのあと、二回目、三回目の合宿では、やらなかったんですね。今回も、企画にははいっていなかったんですが、お酒呑んだ時、座興で、一回目の合宿で一色碁をやった人が、「あれ、またやってみようか」って言い出して……。

そんで、私は、また、棋譜をとりました。したら。一回目の時は、十数手で行き詰まってしまった一色碁、何と、六十何手までいってしまったんですよねー。

六十何手！

四隅、すべて、打ち終えてます。以前は、石がくっついてしまったら、もう訳判らなくなっていたのに、今回は、四隅すべてで、布石が終わっている！　当然、黒石と白石は、隣接しまくってます。

……ただ……まあ……二人共、見事に定石やってますけど。お互いに、非常に常識的な手しか、打ってませんけど。（一色碁を打ったお二人は、うちの教室でも有数の、

〝ちゃんとした定石を打ち、ちゃんとした布石を打つ方だった〟って事情もありますね。）だからまあ、変な手を打った場合に較べると、判りやすいって言えば判りやすいんですが……それにしても、一色碁で、六十何手！

「ここまでくると、あとは、うーん、この辺の黒が薄いから、そこを切ってゆく感じになるのかな」

「ケイマだしね、この黒は、切れるよね」

なんて、部外者が勝手なことを言い出した処で、一色碁は終わりました。

（さすがに、定石はずれて、切り合い、乱戦になると、私達レベルでは、一色碁は無理です。）

けど。

けど！　けど！　けど！

凄いよなあ、確かに、定石を繰り返しているとはいえ、よくも六十何手まで、打ち続けることができたよなあ、このお二人。石がくっついちゃっている処が多くて、どっちが黒だかどっちが白だか、非常に悩ましいっていうのに。

また、見てる方の人間も、〝黒が薄い〟とか、〝ケイマだから切れる〟とか、よく判ったもんだ。そういうことが言えるっていうことは、この、全部まっ黒な盤面、ちゃんと黒と白、理解しているっていう話になる筈。

こういうことができるっていうのは……。

あの。自信を持って、言っちゃいます。

強くなってる、私達……？

（ただ。たった一つ、問題なのは……この流れだと、〝うちの教室の参加者〟が強くなっているのは確かなんですが……〝私〟が強くなっているのかどうかは、謎、です。

ああ、強くなっていたいものだ。）

●○ 十段戦見学記

先日。私、タイトル戦を取材させていただきましたっ！　って、〝っ！〟までつけて、これはもう、すっごく自慢しているな。仮にもプロの物書きが、取材したって事実をいばってどうするって気もするんですが……いやあ、これはもう、通っている囲碁教室のみなさんとか、同好会のみなさんなんかに、絶対自慢したいよねー。

そんで、取材した以上、原稿を書くのはあたり前。（というか、その為に取材しているんですけど。）ただ、これ、〝見学記〟です、〝観戦記〟じゃなくて。はい、棋力的な問題で、〝観戦記〟は書けません。それに、そういうのは、もうちゃんとプロの方がお書きになっているし。

ただ、プロの方のお書きになる観戦記は、あたり前だけれど、囲碁の内容について書いてある訳で……私、囲碁の内容以外のことを、書いてみたいと思います。

私が見学させていただいたのは、十段戦の第一局目。趙治勲十段VS高尾秀紳《しゅうしん》本因坊。(これは、この時の称号です。囲碁の場合、毎年称号が変わってしまう可能性が高い為、今までの原稿では、できるだけ称号を書かないようにしていたんですが、今回、十段戦なので、当時の称号のまま、書かせていただきます。)

☆

みなさんは、タイトル戦っていうと、どんなイメージを持っていらっしゃるでしょうか。

えーと、私のイメージはね、こんなもんでした。

舞台は無茶苦茶高級な日本旅館。とても広い、畳の香りがたってくるような和室で、透かし彫りの欄間だの、表装された書だの、扁額の中の書だのが見下ろす中、両対局者が、ぱしっ、ぱしっ、ぱしっと石を打ってゆく。目を転ずると、そこには広縁があって、その先には見事な日本庭園。築山だの池だのがあり、場合によっては、鹿威《ししおど》しなんかもあって、対局者が〝ぱしっ〟って打つ石の音の間に、時々、鹿威しの、〝こーん〟って音が響く。(いや、音はまずいかな。)

まあ、これは、小説や何かから、私が勝手にイメージしたもので、現実にそんなことはないだろうと思っていたんですけど……今回の舞台は日本旅館だって聞いていたので、このイメージにちょっとでも一致するところ、あるかなあって思っていたら……現実の、舞台が、ほぼ、イメージどおりだったので、逆に驚いてしまいました。

高島屋。国登録有形文化財だって……本館は二百五十年前の庄屋屋敷だなんて……ほんっとに、こういうところで、やっているのね、タイトル戦。（いや、昨今は、海外でタイトル戦やることもある訳だから、これが標準って訳でもないのでしょうが。）

前日に見学させていただいた対局室は、十二畳くらいある和室に、広い縁側、控えの間つき。勿論、書なんかもあって、縁側の向こうはお庭。青々とした竹林が、目にすがすがしい。

ただ、この広いお部屋が、何故かあんまり広く見えないんです。中央においてある碁盤、まだ誰も座っていない座布団、脇息なんかが、もの凄い存在感。

確かに、碁盤も座布団もみんな立派なんですけれど、そういうことじゃ、きっと、ないんだろうなあ。これは、「ここでタイトル戦が行われる」って雰囲気の威圧感なんだと思います。

うわあ、お部屋みただけで、ひしひしと気分が高まっている感じ……。

十段戦の前日、会場である旅館に辿り着いた一行は、まず、対局室を検分し（碁盤の高さや、石の厚みなんかを、両対局者に確かめてもらうの)、それから、地元の囲碁ファンの方を交えた、前夜祭。

　実に身も蓋もない言い方をすると、これ、両対局者と一緒に夕飯を食べるだけ、なんですが……でも、囲碁ファンなら、ぜひ、参加したいよね。

　ただ。驚いたことに、この辺までは、まだ、〝ぴりぴり感〟が、あんまりなかったんです。

　そして、そのかわり。

　一夜あけて、十段戦当日。

　九時開始なのですが、取材陣が待ち構えている対局室に、八時四十分すぎ、まず、趙十段がいらっしゃいました。ついで、立会人の小林光一九段、やがて、高尾本因坊。

　昨日はあんなににこやかだったのに、今日の趙十段は、黙礼をするだけで何もしゃべりません。高尾本因坊も。お二人共、ただ黙って、碁盤を睨む訳でもなし、対戦相手を睨む訳でもなし、ぴんと張りつめた空気の中、私なんかには判らない、空中の、あるいは御自分の心の中にある、〝なにか〟をひたすらみつめている雰囲気でした。

　そして。時間がきて。

　小林九段の「握ってください」って言葉をきっかけにして、十段戦、始まったのでした。(黒番の高尾本因坊が打った瞬間に、ぱちぱちぱちぱちぱちっ。白番の趙十段が打ったらやっぱり、ぱちぱちぱちぱちぱちっ。この瞬間、カメラマンの切ったシャッターの数は、凄いよな。)

そして。

ここで、カメラマンは退出し、同時に、私達取材陣、主催者の方も、退出します。

ここから先は、趙十段と、高尾本因坊だけの世界です。

☆

んでもって。

退出した私達は、控室にゆく訳なんです。

控室――って、要するに、〝記者室〟ですね。

対局室の碁盤の上には、実は、カメラが設置されておりまして、対局室での囲碁の進行、控室のモニターで見ることができるんです。それを見ようとして私は控室に行って……そこでまた、驚きました。

なんなんだ、これ、一体何が起こっている?

その部屋は、日本旅館の中の普通の部屋ではあるんですが……ケーブルの数とか、ルーターだのが、ただごとじゃない。あきらかに増設されているし、あきらかに新たな線が走っている。そこにあるどでかい機械は、業務用のファクシミリか？

そして、あちらこちらで花ひらく、ノートパソコン。

凄い勢いで、みなさんが、パソコンに向かいだしたのでした。

ああ、そうか。このタイトル戦についての原稿、私の締め切りは四日後だけど、新聞社のみなさまや、ネットで囲碁を中継するみなさまは、今日が締め切りっていうか、今、まさに、原稿を書かなきゃいけないのか。

タイトル戦とはまったく違う話なんですが、こっちはこっちで、緊迫してます……。

☆

控室で十段戦をモニター越しに観戦することができる、それは、私に、ちょっとした夢をみさせてくれました。

うーんと、控室では、多分、みんなが囲碁の検討をしているよね。解説の先生とか、立会人の先生とか、みなさんが、きっと、碁盤の上で、問題の棋戦を並べていて、それを脇で見ることができたなら、ああ、それは、なんて素敵。

いや、実際。

まさしく、実際。

そういうことになったのですが……これは、全然、素敵ではなかったです。

あの……何て言うのか……レベルが、違う。

今回の場合、橋本雄二郎九段が大盤解説を担当していて、だから、控室で、橋本九段が色々な図を並べていたのですが……これがもう、全然、まったく、級位者には、ついてゆけないんですう。

「ここに打ったのは、趙さんはこの図を考えていたんだろうと思う」

はい、そこまでは、私もかろうじて判ります。（いや、勿論、図なんて浮かばないんだけれど、形を作ってくだされば、何となく、ね。）でも。

「そして、高尾さんがこう打って、こんな図になって、そして……」

待て。待ってくれ。そこに展開されている図は、今、碁盤の上にある図と、全然違うじゃない。というか、何十手も先の話じゃない。ここまで先の話をされてしまうと、あの、ついてゆけないんですけれど、私。立会人の小林光一九段が合流すると、この図、ターボがかかります。

「ここは、こうかな」

「こっちを切る手は……」

って……お二人が並べているのは、実際の局面の、はるかはるか先じゃないですかっ。しかも、アマチュアの私なんかが思いつくような手は、そもそも検討すらしないし。

大盤解説って、私なんか、「へー、ほー、ふーん」って口をあけて見ていることしかできないんですが、そして、なんであんな先まで判るんだろう、プロって凄いなって思っていたんですが……あれでも、相当、アマチュア向けに手加減してくれているんだなってことが判りました。（実際、あとでちょっと見学させていただいた、橋本九段の大盤解説は、控室での検討と違って、判りやすかったです。）

☆

プロの検討って、アマチュア（それに私はまだ級位者だ）には、まったく判らないものだってことが判ったので、ここから先は、私、ずっと、『幽玄の間』を見てました。

はい、ネットの『幽玄の間』、その、実況中継って、こういう状況下で発信していたんですね。そんでもって、『幽玄の間』の実況中継は、アマチュアが見ることを前提にしていますから、判りやすいの。

ただ。ちょっと呆然としましたね。

実況中継ですから、まず、打たれた手順を、きちんと押さえるのは、必須——というか、それをしないと意味がない。そんで、それをやりながら、ばしばしどんどん参考図を作ってゆく。

プロ棋士同士の検討が、〝まったく訳の判らない領域〟なら、こっちは、なまじちょっとは判る分、凄い技です。

今回の棋戦で、「うわあ、番碁だあ」って思ったのは、〝長考〟でした。(番碁っていうのは七番勝負、五番勝負のように一つの勝負を数回にわけて打つ碁。十段戦は五番勝負ですので、先に三回勝った人の勝ちです。)

長考——本当に、ほんっとおに、長いこと長いこと、考えているの。

全然話は変わるのですが、私がよく見ているタイトル戦って、TVでやっているNHK杯くらいです。だから、何となく、NHK杯の気分が、心にしみこんでいて……。(一手の持ち時間、三十秒だよね、NHK杯。)

今回の棋戦は番碁だ、時間は充分ある、そんなこと、百も承知でいながらも、何となく、相手が打ってから三十秒たつと、次の手が打たれる気分が、心のどこかにあったのですね。

ですので、一分たっても、十分たっても……結果的に一時間以上も、次の手が打たれないと、なんか不安になってきちゃいます。そのうち、いたたまれなくなってきちゃいます。そんで、つい、私は、あたりにいる人に聞いてしまいます。(この場合、あたりにいる人は、全員、私より桁違いに強いんだもん。)

「……私なんかだと、次の手って、たった二つしか思いつかないんですけれど……」

「いや、次に打たれるのは、多分、新井さんが考えたその二つのうちどっちかです。今の長考はね、その後、発展した形がどうなるのかってことだと思うので……。色々、ね、図が見える訳です。見えた図に対して、考えていると、いくら時間があっても」

図が、見える。これが、級位者には、判らないんだなあ。

こんなことを言うと、「でも、新井さんだって、囲碁始めた時に較べれば、ずっと図が見えているでしょう?」なんて言って貰えるんですが……けど、〝見える図〟の性質が、多分、まったく、違います。私には、ここで囲碁関係者が言うような〝図〟なんて、見えていません。私に見えているのは、実際の、碁盤。

プロ棋士の方は、頭の中に碁盤があるっていう話を、よく聞きます。でも、私の頭には、碁盤なんてないから……。

えーと、例えば。

相手が三々にはいる、それはここ、私が押さえる、それはここ、相手が伸びる、それはここ、私も伸びる、それはここ……。

実際に囲碁を打っている私の目の前には、現実の碁盤がある訳で、私は、それらの図、今の処、全部、目で確認しています。言い換えれば、目でもって確認しないと、私には、図なんか見えません。(大笑いなのがシチョウです。微妙な処に石があると、それを目で追っていって……「これ、シチョウアタリになるの?」って判らない私、それを目で追っていって……かくかくかくかく、首が揺れてしまうのが、自分でも判ります。)

でも。プロは、脳裏に、図が見えているんだろうなあ。そこから発展して、その先までも、どんどんいつまでも読めてしまうんだろうなあ。

その境地……いつか、私も、辿り着くことがあるんでしょうか。いつか、私も、目を瞑《つぶ》っていても、実際の碁盤を目で追わなくても、それらが判るようになるのでしょうか。〝図〟が見えるようになるんでしょうか。

……なりたい……なあ……。

と、いう感じで、十段戦第一局は、終わりました。(「え、おい、ちょっと待て、肝心の囲碁の中身について、何も触れてないぞ!」って文句は、却下です。最初っから、これは〝見学記〟だ、ちゃんとした碁を知りたい人は〝観戦記〟を読んでねって、書いた筈です、私。)

棋戦が終わると、次は……飲み会。というか、打ち上げ。

☆

ま、あたり前でしょう。

趙十段も、高尾本因坊も、無茶苦茶脳を酷使しています。頭が疲れているっていうか、脳が疲れているっていうか……こういう状況下では、普通の人間は、普通の状態で、普通に睡眠につくの、ちょっと、辛いです。(体と脳が一緒に疲れている――つまる処、普通に疲れている――状態なら、楽勝で〝おやすみなさい〟なのですが、頭だけが疲れていると、これは、なかなか、眠れない。)

と、いう訳で、酒盛りです。みなさん、まるで学生のように盛り上がってます。そんでもって、ここで。私は、〝夢のような〟状況に陥ってしまったのでした。

☆

碁盤を前にして。

私は、そこに、座っています。

そして、相手側には、橋本雄二郎九段の、お弟子さん。そんでもって、そんでもって……私たちの碁を見ているのは……趙十段。

……何で？

何で私は、今、ここで、こんなことをしているんだ？

ああ。現実感がすっ飛ぶ。

はい、私、何が何だか判りませんが（みんな酔っぱらっている）、気がつくと私、趙十段の前で、碁を打つことになっちゃったんですうっ。

☆

あとで、旦那にこの話をしたら、無茶苦茶羨ましがられました。

けど、でも……冷静になって、考えてごらん。これ……羨ましい、か？

相手は、アマチュアとはいえ橋本九段のお弟子さん。しかも、まわりにいるのは、囲碁のプロとか、観戦記者の方とか、とにかく囲碁関係者ばっかりで、みんな私より、桁違いに強い人。高尾本因坊までいるんだよお。こんな状況下で、私に、どんな碁を打てと？

しかも……しかも……まわりの人は、私達の碁に何の関心もないかも知れないけれど（でも、覗きにきている人はいたぞ）、たった一人、確実に、趙十段が、私達の碁を、見ているう。

これ、羨ましいか？　ほんっとおに、羨ましいか？

かくて。

夢のような、悪夢のような、夢ならさめて、何で私はここで碁を打っているのお、そんな時間がすぎてゆきます……。

☆

翌日。微妙に二日酔いっぽい気分で起きた私は、産経新聞の朝刊を見て、「おおっ」って思います。

十段戦。ちゃんと、棋譜まで載っているわ。ふええ、みなさん、あたり前だけれど、ちゃんと仕事している。

☆

十段戦。とてもよい経験でした。そして、すんごく、楽しかったです。

●○　旦那が初段になるまで

　リニューアルした教室に通い出した頃。最初は、旦那と私とでは、微妙に、私の方が、強いってことになっていました。

（自分の強さ――何級とか、何段とか――っていうのは、うちの教室では自己申告制なのですが、それまで、碁会所に行ったこともなく、自分達だけで碁を打っていた私達は、当然、自分がどのくらいの強さだか、まったく判らなかったのです。素直にそう言った処、私も旦那も、以前、リニューアル前の教室で碁を打った経験があったものだから、それをふまえて、暫定級をいただいたのね。そんでもって、それ、私が十一級で、旦那が十二級だったの。）

　これがもう、あとあとまで、旦那には、非常に不満だったようなのです。

　……まあ……不満、だろうなあ。私だって、何だって私の方が旦那より強いって認定されるのか、判らないもん。（いや、実は、この級認定の理由、判ってはいる。この教室にはいる前、私は、前の教室の最終回で、前の教室で結構強かったとある人に、偶然にも、勝ったのね。んで、旦那は、その前々回で、その人に負けたの。だから、その人を基準にして、勝った私は十一級、負けた旦那は十二級。)

まあ、でも。

とにかく、私は十一級、旦那は十二級で、私達はこの囲碁教室に参加して……時間がたって。

この差は、なんか凄いことになってしまいました。

気がついたら、私が、四級、旦那は、七級。

ここまで差が開いてしまうと、私と旦那が対戦した場合、旦那は、当然、私に対して、石をおける訳なんです。

これ、旦那が、うべなう筈がありません。

だって、一緒に囲碁を始めたんだもん、私達。一緒に上達してきたんだもん、私達。大体同じ強さなんだもん、私達。この状況下で、旦那が、私に対して石を置くだなんて事態、そもそも、発生する方が変。

けど、うちの教室の認定では、こうなってしまうのですねー。

何故かって言えば、話はとても単純で、うちの教室の場合、ある程度連勝をすると、自動的に級があがることになっているんです。(しかも、連敗しても級は下がらない。)で、この認定法だと、級があがる為には、とにかく、教室に参加しないと駄目。三連勝で級があがるって場合は、とにかく三回、教室に参加しないと、三連勝する術がない。四連勝の場合も、同じく。ひとりで、どんなに勉強して、どんなに強くなっていたとしても、「三連勝で級があがる」って決まりがあれば、三回以上、教室に参加しなければ、その人の級は、絶対にあがらない。逆に言えば、ずっと教室に参加していて、何かの間違いで三連勝してしまえば、級、自動的にあがってしまう。

んでもって、この時期。

旦那は、仕事が結構忙しくって、あんまり教室に参加できませんでした。私の方は、毎回教室に参加して。

そんで、気がついたら。

私は、四級。旦那は七級。

我が家の囲碁生活において、これが、多分、最初に訪れた危機でした。だって、この時の私と旦那、実際的な強さでは、ほとんど差がなかったんですよね。なのに、この差。

これは変だし、これは、まずいっ。これはもう、旦那の不満、爆発し放題。

この時期。旦那が、我慢して囲碁を続けていてくれて……ほんっと、よかったと思います。(でも、私が悪い訳じゃ、まったくないよね。これだけは、絶対、主張したいんだけど。)

けど。当然のことながら。

旦那が七級、私が四級の時代は、ほんのしばらくしか続きませんでした。そもそも、私と同じ程度の強さの旦那は、仕事が多少楽になり、教室に通うことができるようになれば、当然のように連勝し、四級が順当な私は、なかなか昇級せず……やがて、私の仕事が忙しくなり、私が囲碁教室に通えなくなると、いつの間にか、旦那は私を追い越し……只今の処、旦那が初段で、私が一級です。

うおお、先に、段に行かれちゃったかあっ。

確かに、これは、ちょっと口惜しい。先にどっちが初段になるかって、結構重要課題だったような気もするし。(……四十をすぎて囲碁を始めたんです、私達。だから、囲碁始めた、最初の目標は、「旦那の定年までに初段になる!」でした。そんで、一応旦那が初段になったってことは、しかも、定年はまだまだ先だってことは……あは は、私達、所期目的は果たしたのね。ま、旦那に、先を越されちゃったとはいえ、でも、この場合、〝旦那に先を越されちゃった口惜しさ〟より、〝所期目的を果たせた嬉しさ〟の方が、大きい。うん、今の旦那が初段なら、大体旦那と同じくらいの腕の私だって、間違いなく旦那の定年までには、初段になれる筈！）

そう。

先に旦那に段持ちになられちゃったのは、非常に非常に非常に口惜しいんですけれど、でも、私は、「私だってそのうち初段になれるもん」って楽観しています。——とはいえ、現実の教室では、連敗中なんですけど——。

☆

話はまったく変わるんですけれど。

〝男〟って……とっても損な生き物なんじゃないかと思います。

同じホモ・サピエンスである以上、男も女も同じ種族である筈なのですが……どうも、〝男〟っていう種類の生き物は、〝格好悪いの嫌〟〝女に負けるの嫌〟って、思っているんじゃないかって気がします。

私、囲碁の同好会をやっているってことを、前に書いたと思います。勧誘もしてます。そしたら……参加してくれる初心者が、オール女性なの。

ま、これは、〝編集者や作家で新たに囲碁を習いたい人は、偶然にも女性しかいなかった〟って可能性もありますが……これで参加してくれた女性の数が七人を超え、男性が一人もいないとなると……これ、〝偶然〟じゃなくて、〝男女差〟の問題になるんじゃないかなあ。

愚考します。

〝格好悪いの嫌〟〝女に負けるの嫌〟、もし男性のみなさまがこんなことを思っているなら……この考え方は、多分、すっごく、人生、損です。

あ、ちょっと話がよれてしまいましたね。うちの旦那が初段になった話に戻します。

☆

うちの教室では、規定の数、連勝すれば（五級以上の場合は、四連勝すれば）、自動的に、級が上がります。

ただ、それで、自動的に〝段持ち〟になってしまうのは、ちょっと何かなーって判断があったのか、一級と初段の間には、ワン・クッションが、挟み込まれるんです。

試験碁。

一級から初段に上がる予定の人は、先生と碁を打ちます。これで、先生が、「この実力なら初段でもいいでしょう」って認めてくれれば、その人は、初段になれる。

一級で、四連勝した旦那は、当然のことながら、初段になる為に、〝試験碁〟を打つことになった訳です。

☆

うちの教室の試験碁では、八つ、石を置きます。

勿論、勝つ必要はない。（というか……あの……プロが相手では、八つくらいの置き石では、相手が勝ちにきた場合、勝てる筈がないと思います。）

ただ、生徒には、〝ちゃんとした碁〟を打つことだけが、要求されています。

先生が攻めてきた時、ちゃんと守れるか。

そもそも八つも石を置いているんだ、圧倒的に生徒側が有利な筈なので、先生が無理手を打った時、ちゃんとそれをとがめることができるか。

（……あ……あの……書いててちょっと、この文章間違っている気持ちになってきました。これ、「アマ初段程度なりに」って前提つきです。プロの先生が攻めてきたのをきっちり守り、無理手をきっちりとがめることができたなら……その人は、プロ級だって話になってしまいます。）

そんで、旦那は、そんな碁を打つことになり……せっかく夫婦で囲碁やっているんだ、私は、教室のこの回に限り、先生にお願いして、講義のあと、自分が対戦するのをやめ、旦那の囲碁の棋譜をとることにしたんです。

(試験碁は、大抵の場合、次回以降の教室で教材になります。生徒の打った、よい手、悪い手なんかをクローズアップして先生が問題を作ったり、あるいは、六十手くらいまでの棋譜を、先生が解説してくれたり。だから、試験碁を打った人は、近い将来、自分の棋譜を教材としてもらえる訳なんですが、それ、あくまで、途中まで。せっかく夫婦で同じ教室に通っているんだもの、どうせなら、すべての棋譜が欲しいよね。それに、私も、「旦那の試験碁、どうなったのかなー、どきどきどきどき」って思いながら、自分の碁を打つより、旦那の碁を見たかったって気持ちもあったし。だから、棋譜とりやらせてもらいました。――って、今、この原稿書いて気がついた。先生は、単に試験碁を打っているだけなのに、のち、それを教材におこせるんだ。終わったあとで、棋譜とりやってた訳でもないのに、棋譜が書けるんだ。凄いな、プロって――。)そんで、これが。も、凄かった。

「無茶苦茶緊張するー」って、やる前の旦那、言ってましたが……ほんっとおに、無茶苦茶、緊張していたんだなあ、旦那……。

うん。それが、棋譜をとっているだけの私にも、とってもよく判ってしまいました。

まず、旦那が、八つ、置き石を置く。そして、試験碁、開始。

先生が打つ。旦那が打つ。先生が打つ。旦那が打つ。ま、この辺までは、カカッて、シマって、そんな感じでいいとして。

更に、先生が打つ、旦那が打つ、先生が打つ、旦那が打つ……やがて。

何やっとるんじゃあ？

棋譜、とっているだけの私、思わず、何か、言いたくなります。

だって、そのくらい、旦那の打つ手って、変なのよ。（いや……変では、ないか、まっとうと言えばとってもまっとう、でも、旦那のことを知っている私からすると、とても、変。）

囲碁って、〝手談《しゅだん》〟だって、よく言うじゃないですか。打たれた手の、一手一手で、対局者同士が、言葉ではなく、石でもって会話をする。

その言葉……この瞬間、初めて私、本当に判りました。

だって、先生と旦那の、言葉が聞こえるんだもん。石を見ているだけで、判るんだもん。

「はい、私がここに石を置いたら、あなたはどう受けますか？」

ああ、ぴしって打った瞬間の、先生の心の声が聞こえる。

そんでもって、旦那の声も、聞こえまくりなんです。

「守るっ！」

「どうされようと守る！」

「あっちに打ちたいんだけれど、けど、今は、断固として守るっ！」

旦那、それしか、言ってない。すっごく、がちがち。ほんっとおに、緊張しまくってるんだなあ。だって、これ、旦那の碁じゃないもん。少なくとも、私の知っている旦那は、こんな碁を打たない。私の知っている旦那なら、「ここは、攻める」「あとでくやむことになるかも知れないけれど、この局面なら攻める」、そんな碁を打つ筈で……。

でも、旦那は、ひたすら守りまくり……このままじゃ切れそう……。

と、思っていたら。

実際、あまりにも守り続けたあと、旦那、切れました。二線に先生が打ち、旦那が守り、先生が守った後……これはもう、再び旦那、守るしかない筈の処なのに、今まで、すべて守っていたので嫌になったのか旦那、そこで手を抜いて、おい、ここは、ここだけは、手を抜いてはまずい場所では？

結果、ずたずたにされてしまったのでしたが。でも、それまで、やたら守って守っていた旦那、結果として数える処までは何とかこぎ着け（でも負けた）、初段になったのですが。

すっげー。

本当に、緊張していたのね、旦那。

それに。

囲碁って、〝手談〟だって、本当だ。だって、打っている人の言葉が、聞こえてきたんだもの、私には。

●○　子供って凄い

四十を過ぎて旦那と二人で囲碁を始めて、「これで定年後も二人で楽しめる趣味ができた」って喜んでいる私達夫婦ですが、たった一つ、残念なのは……どうせなら、もうちょっと早く始めればよかったなーってこと。

うちの教室には、定石を覚えるのが得意な人とか、形を覚えるのがうまい人がいるんですが、（いや、これは、こっちがそう思っているだけか。あちらはあちらで、陰で物凄い努力をしているのかも知れない）、まあ、他人様をあんまり羨んでもしょうがないので、これは、羨ましがらないことにしているのです。ですが……たった一つ。絶対に間違いのない、大変羨ましい法則が、あるんですよね。

若いうちに囲碁を始めた人程、どんどん強くなってゆくっ！

四十代で始めた私達より、三十代の人の方が、絶対上達早いぞ。まして、一桁、ほんっとの子供って、信じられないくらい強くなるのが早い。

うちの教室は、規定の数連勝すると、級が上がるのですが、まあ、連勝なんて、そうそうできるもんじゃないです。とんとんとんっと六連勝くらいしちゃうことも、ままありますけれど、大体は、二連勝すると一回負けるとか、三連勝、お、昇級にリーチかかったって処で連敗するって感じになりがち。それが、お子さんに限っては。二十八連勝とか、三十六連勝とか、目を疑うような数字を、平気でたたきだすんですよねー。

前に対戦した時は、私よりだいぶ級が下で、私が白、三つも石を置かせて、結構きつかったものの、何とか終局までもってゆき、「ああ、数えてみたら、二目たりないー」ってもの凄く辛い負け方をした子と、半年くらいしてもう一回対戦することになったら……いつの間にか、相手は私より上の級。私の方が、二つばかり石を置いて、でも、今回は、こっちが石置いているのに勝てる気がしない。もう投げようかなーって思いながらも最後まで打ち、数えたら二十目も負けているって……ああ、なんだか、私がすっごく弱くなっちゃったみたいで、哀しいよお。

でも、お子さんの場合、これ、ありがちなんですよねー。特定の子供が強いんじゃなくて、お子さんは、総じて、こんな感じ。一桁じゃなくて、中学生くらいでも、やっぱり、強くなり方が、大人に較べると桁違いです。

それと。

うちには子供がいないので、ちょっとうっかりしがちなのですが……こうして、教室で会っていると……お子さんって、成長、するんですねー。

この間、受験だか何だかで、ちょっと教室を休んでいた子と久しぶりに対戦して（あ、だから、彼は、もう〝お子さん〟って言ったら失礼かな。少年ですね。さすがに、青年とは、まだ呼べないけど）、打ちながら会話してたら、何か微妙、ちょっと違和感。

しばらく打ってて、はっと気がつきました。

「君、声がわりしたんだ！」

そっかー、子供って、まだ未完成品なんだ。どんどん完成品に向かっている最中なのね。

なんか、〝未来への可能性〟が服着てそこにいるみたいで、いいなあ、こんな、可能性の塊の時期に、囲碁、始めたかったよお。

でも。とはいうものの。

「もうちょっと早く囲碁を始めたかったよー」っていうの、まったく嘘ではないし、本当に心からそう思っているのですが……でも、〝これはこれでいいんじゃないか〟

って思っている、私も、どこかにいます。うん。

☆

プロ棋士の頭の中には、碁盤があるって話を聞きますよね。そんで、それがない私は、もう、プロ棋士の方が、羨ましくて羨ましくてしょうがない。三歳かそこらから、囲碁を始めていたら、きっと私の頭の中にも碁盤ができた、それが口惜しい……のは、事実なんですが。

ですが、三歳の頃の私は、碁を打つかわりに、やたらと本を読んでいて、その頃からすでにお話を書き出していて、だから、私の頭の中には、碁盤のかわりに四百字詰めの原稿用紙がはいってます。

うん。例えば、エッセイの原稿を依頼されて。十七字×七十八行って言われたら、私、(書く内容さえあれば)そのエッセイをすらっと書くことができるんです。頭の中に原稿用紙がありますから、「うーん、このテーマで書くと、この枚数なら、AとBとCのエピソード書いて、それじゃ、ちょっと、足りないか、じゃ、Dを書くと……少し指定枚数をオーバーするな、その場合は、Bの展開部分を削って……」てなことが、実際に字を書かなくても、頭の中でできます。また、それなりによくできた日本語の辞書も頭の中にありますんで、文章を書く時に不自由したこともありません。神様がいて。

今、私の頭の中に、碁盤を作ってくれるって言われたら、すぐにうべなってしまいそうな私なのですが……「碁盤を作るかわりに、あんたの頭の中の原稿用紙を削除するよ」って言われたら……困る。まあ、今の私の仕事が仕事ですから、それで困るっていう側面もありますが……それ以上に。

頭の中に原稿用紙がはいっていない、辞書がない私って、自分で想像ができないんです。それは、多分、〝私〟ではない。

そんでもって、〝頭の中に碁盤ができる程〟囲碁に熱中している子供は、多分、子供の頃の私程、やたらと本を読んでいる訳がない。ということは、子供の頃、本当に囲碁に熱中していたら、私は、今の私に、なっていない。

(……いや……あの……私、本当に、異常に本を読む子供でしたから。今だって、年間、五百冊くらい本を読むんだよ、これは多分、普通ではないと思う。)

☆

子供の頃、何に熱中するか。

それはまあ、〝巡り合わせ〟というか、〝親が何を与えたか〟というか、そんな話ではあるのですが。でも、もっと言っちゃうと、〝運命〟？

未来への可能性が服着て歩いているような、そんな子供達を見ていると、思ってしまいます。

運命って、ありか。

●○ 文人碁会

去年。旦那と一緒に囲碁教室に行って、二人で家に帰ってきた時。我が家のポストから郵便物を出した私は、声をあげてしまいました。

「うわっ」

「何だ、どうした素子」

「いや、手紙が来てる」

「……ポストあけて手紙がはいってて驚くなよー、あたり前だろうが」

いや、それはそうなんですけれど。でも。

「だって……差出人の処にね、三好徹って書いてあって……」

「え、それは作家の？」

「いや、それはないでしょう。面識もない訳だし、何だってそんな大先輩作家からいきなり手紙が来ちゃうのよ。だから、同姓同名の人だと思うんだけれど……誰だろう？」

「いや、案外、大先輩作家だったりして。ほら、囲碁の関係で」

囲碁教室の帰りだったものだから、いきおいそんな話になって。

「どうする、封切ってみたら、『故・川端康成先生がお作りになった、文人の囲碁会に……』なんて書いてあったら」

「やめてー、そんなおっそろしい話」

なんて言いつつ、実際に封を切ってみたら。

本当に、そんなことが書いてあったので……ひっくり返ろうかと思いました……。

☆

「文人碁会へのお誘い

本因坊《ほんいんぼう》秀哉《しゅうさい》名人の引退碁を主題に『名人』を執筆した川端康成先生を会長とした文人碁会は……」

って、ほんとにそう書いてあったんだよー。

まあ、要約すると、川端康成（すみません。敬称をつける気になれません。だってあの……歴史上の人物ですもん。確かに、私が生まれた時、まだ御存命で、同時代を生きたって言えばそうなんですが、どう考えても歴史上の人物です。いくら大先輩作家だからって、〝紫式部先生〟とか、〝滝沢馬琴さん〟とか、変でしょ？　私にしてみると、同じ気持ち。絶対、敬称つけるの、私の心の中で、〝変〟なんです）が亡くなった後、長いこと休眠状態だった文人碁会を復活させることになった、ということらしくて……そんで、私の処にも、案内状が来ちゃった……みたい、なんです。（多分、推理作家協会の囲碁同好会の関係で。）

ど……どーすんだよ、私。

いや、勿論、「〝作家〟としての格の違いってもんがあるだろうがっ」って思いもありましたけれど、それ以上に。

この会の人達、多分、みんな、強い。大体、「囲碁の観戦記」をちゃんと書ける作家ってだけで、それはもう、強いに決まってます。そんでもって私は……あのねー、やっとねー、初心者の看板外して、〝級位者〟だよって看板を出した処なの。そんな私を、こんな会に誘われたって……。

ただ、幸いなことに（と言っていいのか？）、そこに書いてあった、第一回の定例会の日取りは、私が絶対外せない仕事のはいっていた日で、だから、気楽に欠席の連絡ができたのですが……〝第一回〟ってことは、〝第二回〟以降も、ある……？

月日は巡って、今年になって。

文人碁会から、二回目の会への、お誘いの手紙が来ました。

せっかくお誘いいただいたんだもの、どんなに気おくれしそうでも、それでもやっぱり、行った方がいいのかなあ。

ただ、今回は、なんか、ちょっと、気が楽でした。というのは。いただいたお手紙に「腕自慢による文人名人戦の部（オール互先）を設けました。だいたいの目安は自称五段以上ですが、それ以下の方でも自信があればふるってご参加を」って書いてあったので。

おお。

この感じだと、強い人はみんな、〝文人名人戦の部〟にいっちまうよな。強い人がどこか遠くで戦っている間に、級位者の私達は、こちゃこちゃ碁を打っていればいいんだ。

そう思って参加した文人碁会だったのですが……そう甘くは、なかった、です。

☆

私はもの凄く弱い方。

私くらい弱い人は、他にいないんじゃないか？

そう思いながら参加した文人碁会でしたが……それどころじゃなかったのでした。

だって、その。

〝強い人が名人戦やっている間、弱い私達は、遠くでこちゃこちゃ碁打っていればいい〟って……その、〝弱い私達〟が、そもそも、いないっ。

（いや、勿論、いるんですけれど。強い人達がトーナメントやっている脇で、弱い人達が打っていたんですけれど、その、〝弱い〟人、が、ね……。）

私、最弱。

というか、級位者って、私一人っ！　強さじゃなくて、〝弱さ〟のレベルが、まったく違うっ！（出席者の勝敗表の処に、自分の強さを書く欄があって、私一人の為だけに、〝級〟という文字が使われておりました。）

……まあ……確かに、〝腕自慢による名人戦〟が、〝自称五段以上〟なんだもんなあ、五段以上でトーナメント戦ができる集団って……みなさん、一体、どんだけ強いんだっ！

でも。

行った以上、打ちました、碁。

参加者のみなさまは、とっても優しく、弱い私につきあって下さり……。もう、当然投げなきゃいけないような局面でも——というか、相手がこんだけ強いと、ほとんどの場合、私、すぐ、そういう状況に陥っちゃうんですが——「ごめんなさい、この石が死んだら投げます、この石が助かるかどうかだけ、やらせて下さいー」ってなことを言っている私に、(その石が助かったって、私が勝てるかどうか謎、いや、その石が助かっても多分私の負けって状況でも) みなさん、本当に快くつきあって下さいました。(そんでもって、それらの石は、全部殺されてしまいましたー。) しかも。皮肉じゃない感じで、「新井さん、よく考えるし、粘るから、強くなるよ」なんて、心あたたまるお言葉まで、いただいて。

作家って、自分がそうだから、性格悪いと思っていたけれど、実は、作家で性格悪いの、私だけか? もしそうだったら、ちょっと嫌だよなー。

碁会が終わった後で。私、同じくこの会に参加していらした竹本健治さん(推理作家協会囲碁同好会の代表。とても強い人。んでもって、私の囲碁の先生)に、色々と質問しました。自分の碁は、覚えていられないので、竹本さんの碁について。(最後の一局、私、ずっと、竹本さんの碁を見ていたので。)

「右下のことなんですけれど、えーと(ここでざっとした形を作って)こんな感じの時。竹本さんはノビたでしょ、そんで相手もノビた。でも、私だったら、ハネたい気分なんですけれど……」

竹本さんは、さすがに先生なので、御自分の碁は覚えていて、不正確な私の図を、ちゃんとした図に直して下さって（というか、初手からそこまで、並べられるんですよね）、そしてそれから。「この場合、ハネるとこの出切《でぎ》りが怖いんですね」とか、いろいろ教えて下さって、ありがとうございました。

そんで、竹本さん、私の戦績と、それに至る状況を聞いて……。

「……それは……うーん……基本の死活から、もう一回教えないといけないかなあ……」

……ってて っ！

って、おい、私は……まだ、そんなレベルかよー。

いや、一応、死活は判っているつもりなんですけれど。けど、相手が思いもよらない処に飛び込んできちゃうと、わたわたしてしまうのも事実。

（一応隅を守っている形の時、三々以外の処からはいってくるなー。今の処、私が対処できるのは、相手が三々にはいってきた時だけだよお。それ以外の処にはいられると、わたわたしてしまうんだよお。）

と、いうことは。確かにもう一回、きっちり、死活について、教えてもらった方が、いいんだと思うんだけど……ああ、情けない、私……。

☆

ところで。

この碁会には、〝グリーン碁石〟ってものが常備されておりました。

うん、目に優しい、〝グリーン碁石〟。〝グリーン碁石〟の提唱者である、夏樹静子さんが、この碁会の出席者だったから。

んだから、私は、今回の碁会で、生まれて初めて、〝グリーン碁石〟を使ってみました。

そんで、その、感想。

おいしそうだよ、この石は。

目に優しいだの何だのを置いておいて……〝白〟である、淡いグリーンの石は、見るからに、そら豆。ちょっととてかっている処まで含めて、この石は、間違いなく、新鮮なそら豆、茹《ゆ》でたての色。

んで、〝黒〟である、深い緑の石はねー、〝よもぎ〟の色なのよ。

白石はてかっているのに、黒石は、てかっていない。てかっていないからこそ、まさに、よもぎ。この黒石を集めて蒸し器にかけて、もち米と併せて捏《こ》ねたら、それできるのは、〝よもぎ餅〟(という色)。

グリーン碁石。

〝おいしそう〟っていう判断は、勿論間違っているのですが……でも、とっても〝おいしそう〟だったのでした……。

●○　お話の中の囲碁

実際の囲碁の話が続いたので、趣を変えて、お話の中にでてくる碁について、書いてみたいと思います。

☆

私は、漫画の『ヒカルの碁』にはまった友人に誘われて囲碁を始めたんですね。そんで、囲碁始める前から、『ヒカルの碁』は読んでました。（というより、そもそも、『ヒカルの碁』が面白かったから、「囲碁って面白いんですよー、素子さん、ぜひ、一緒にやりましょうよー」って勧誘に、うんって言っちゃったのね。）

そんで。囲碁を始める前と、始めてからでは、『ヒカ碁』の読み方、違ってきてます。囲碁を知らない時も、面白かったけれど、囲碁始めてから読むと、もっとずっと面白いのー。この漫画、碁石をきちんと描いてあるから、囲碁知らない時は、〝絵〟

の一部にしか見えなかった碁盤が、囲碁始めてから見ると、全然違った〝図〟に見えて、これは結構感動です。(「あ、私、判る!」って気分ですね。)

まず、囲碁を知らない時に『ヒカ碁』を読んで、囲碁判ってからもう一回『ヒカ碁』を読む。これ、面白さ二倍です。(しかも、『ヒカ碁』には、『週刊碁』編集部なんかもでてきちゃうんだよー。これは、実際の『週刊碁』編集部を知っている私からすると、面白さ三倍。)

☆

そういう意味では。囲碁を知る前と、知ってから後とでは、なんか〝面白さ〟が違ってきちゃう文章って、結構、あるんですよね。

まあ、作品にはまったく関係がない話になるのですが、とある作家の作品に、ちょっと囲碁の話がでてくる。昔だったら私、「ふーん」って思ってそのまま読みとばしていたのですが、今読むと、なんか、妙に嬉しい気分になってしまうのは何故だろう。

例えば。仁木悦子さんのお話の中に、夫婦で碁を打つ場面があって、その後、別のエッセイで、仁木さん御夫婦が結婚なさった時、佐野洋さんからいただいた結婚祝いで、碁盤と碁石を買っただなんてエピソードを読むと……あ、なんか、妙に、嬉しい。

決定版は、これです。

星新一さんのエッセイ。囲碁が趣味の星さんは、こんなこと書いてらっしゃいます。「中盤で大ざっぱな計算をやる。（中略・普通だったらここで形勢判断をして寄せるんだがって内容のあと）優勢でも、さらに強引に攻め続ける」

相手が投げるか、自分が投げるか、そんな碁ばっかり打っていたって、「邪道もいいところだが、こんな面白いことはない」って……。

星さんは、私が新人賞に応募した時の選考委員で、いわば私の先生です。私が囲碁を始めたのは、星さんが亡くなった後だったので、星さんと碁を打つことはありませんでしたが……エッセイ読んでて、「どっひゃあ、私、星さんとだけは打ちたくないよー」なんて、なつかしく、苦笑しながら、星さんのことを色々と思い出しました。

こんな気持ちになれるだなんて……私、囲碁始めて、よかったなあ。

☆

〝お話の中の囲碁〟といえば、まず、これを外してはいけない、ここからゆくべきだろうって作品が、あります。

川端康成著『名人』。

☆

本因坊秀哉名人の引退碁を描いたのが、『名人』です。（あ、〝引退碁〟って、えーと、この碁に負けたから名人が引退したんじゃなくて、そもそも、〝引退碁〟として打たれた碁のお話です。お相手は、小説中では大竹七段って名前になっているけれど、実際は木谷實《きたにみのる》七段。）

一冊、まるまる全部、引退碁の話なんですけれど、でも、これ、基本的には囲碁の話じゃ、ないんです。なんていうのかなあ、りんとした空気。緊迫感があって折り目ただしい文章。それにひきつけられて読んでゆく、すると、名人の引退、そして敗北、そして死によって、一つの、何か、名状しがたい〝もの〟が終わる、それを描いた小説なのですが、いやあ、くらくらと、堪能できるよなあ。

（他の作家の方と違って、川端康成は、私にしてみれば、〝歴史上の人物〟なので、敬称略で、その上勝手なこと書いてます。）

そんで、『名人』。

勿論小説なので、読者は選びません。囲碁をまったく知らない人だって感動できる作りになってます。というか、囲碁を知らないのが前提で、それでも、〝名人の死〟

と共に終わる、〝いわく言い難いなにか〟の終焉、そのりんとした雰囲気、空気、それを堪能できるのが、この小説。けど、囲碁を知ってから読むと、これが、変なところで、ひっかかる。そんで、その、変なところが、面白かったりするんだわ。

☆

自分が囲碁始めた後で。

読み出して、最初に疑問に思ったのは……囲碁の話を描いているにもかかわらず、どっちが白でどっちが黒かっていう、一番大切で、しかも書くのが簡単な情報を……書いていないのですね、このお話。

いや、ま、読んでゆけば、名人が白で、大竹七段が黒だって、判るって言えば判るんですが……囲碁の小説を書くに際して。しかも、黒の何手目はどこ、白の何手目はどこ、なんて、結構細かく書いているのに……どっちが白で、どっちが黒だか、そんな大切なことを……何故、書かないのだ？

それに。思い返してみれば、打ち始めの時、にぎりの描写が、全然、ないぞ。（にぎりっていうのは、対戦前に、どっちが黒か決める手段です。）

しばらく考えて、判りました。

この時代。上手は、絶対的に、白なんです。片方が名人なら（んでもって、名人は、上手に決っているわな）、その人が白に決っている。にぎりなんて、ないんです。と、ここまで書いてきて、私、愕然。ということは……この時代は、コミが、なかったのでは？

はい、なかったのでした。

この碁は、最終的に、黒五十六目、白五十一目。

五目差ってことになり、名人が負けたのですが……これ、〝コミ〟がある現代の囲碁では、名人、勝っているっていう話になるんじゃないか？

また、この〝引退碁〟で凄い（というか、私から見ると、驚き以外の何物でもない）のは、時間の使い方です。時間の使い方……ううん、時間そのものが、今の常識からすると、なんか、信じられない。

この碁。途中、名人が病気で倒れたって事情もあるのですが、何と、開始から終局まで、半年かかっているんです。それも、〝打ちだした、百手くらいまで進んだ、名人が倒れた、中断した、半年程たって名人が回復した処で対局再開、結果として終局まで半年かかることになった〟っていうような感じじゃなくて……まあ、おっそろしい程、のろのろと。

だって。

まず、一人あたりの持ち時間が、四十時間もあんのよっ、四時間じゃなくてっ！ 二人あわせると、八十時間！ ということは、これ、一日で終わる訳がありません。二日でだって、終わらない。一日十時間打つとしたって、思いっきり時間を使えば、八日かかる計算になりますね。（まあ、双方が、たったったったったって打ってゆけば、一日で終わるかも知れないけれど、二人共、現代の基準で言えば、おそろしい程長考するし、大竹七段にいたっては、当時の基準でいっても、やたら長考を繰り返す人だったみたいで……もう、考える、考える、考える。）

ということは、この勝負、最初っから、日単位ではなく、週単位でもなく、月単位で予定されていた訳で、ということは、毎日碁を打つ訳じゃなく、一日打ってはちょっと休み、また打ってはちょっと休みってローテーションを組まれていて……。

凄いよ。

何たって、一日目では、二手しか進みません。（いや、これは、セレモニー色が強いから、ちょっと話が違うんだけれど。）対局二日目、白十二手で、封じ手。（って……丸一日かけて、十手進んでいないのか。）ある日なんか、午前と午後で十六手進んだって聞かされた名人が、「十六手……？　そんなに打った？」って訝《いぶか》しんだり。
こんなペースで打っていけば……そりゃ、途中で、病気で倒れたりもしますって。

☆

名人は、この引退碁を除いて、ここぞという勝負では必ず勝ち、「不敗の名人」と呼ばれた人なんだそうです。でも……けど……それって……。

常に白で、コミがなくて、絶対に勝つって……それは、どんだけ、どんなに、強かったんだろう。今、コミがある世界で常勝の人と、コミのない世界で、不敗と呼ばれる人って、きっと、意味が、違う。囲碁始めたおかげで、それが判るようになりました。

☆

あと。この〝引退碁〟、ちょっと並べてみたくなりません？
新潮文庫の『名人』には、ちゃんと、ラストに棋譜が載ってます。
『名人』読んで感動したあと、棋譜並べも、できます。
……ただ。この棋譜、碁盤の横軸にふってあるのが、「1・2・3……」じゃ、ないの。「い・ろ・は……」なの。(「次の手は、ろ十三」とか言う訳ですね。)

なかなか、趣があって、いいかも。

☆

川端康成著『名人』の話に続いて、今度は、「それってどうよ?」って話、いってみたいと思います。ものは、ジェフリー・ディーヴァー著『石の猿』。

☆

さて、ディーヴァーって、どんな作家だって言えばいいのかな。ミステリ界では、結構評価が高い作家なんですが……えーと、一般的に言えば。あ、そうだ、『ボーン・コレクター』って作品が、ハリウッド映画になってますね。(あ、いえ。別に、映画になったから偉いっていう訳じゃないのですが、まあ、そのくらい、メジャーな作家だって思っていただいて大丈夫。)

その、『ボーン・コレクター』は、リンカーン・ライムっていう、四肢麻痺患者が主人公のシリーズ物、第一作なのですが、『石の猿』は、そのシリーズ、四作目。ライムは、中国の殺し屋と対峙することになります。

このお話はね、最初っから、なんか、囲碁っぽいのよ。全五部のお話なのですが、すべての部の冒頭に、ダニエル・ペコリーニ&トン・シューって人の『圍棋《ウェイチー》』って本からの引用がはいり、事態の進行は、囲碁の進行になぞらえられます。(ま、これは、ありそうな構成。この、〝囲碁〟部分を〝チェス〟に変えれば、そんな構成のお話、欧米ミステリによくありそうだよね。)

だから。最初にこのお話を読んだ時、私、何の疑問もなく、このお話を受け入れて。ああ、ジェフリー・ディーヴァーって、囲碁を嗜《たしな》む人なんだなって思って、それで終わり。

ところが。

実際に囲碁を自分でやってみた今では……ジェフリー・ディーヴァーは、本当に碁打てるんだろうか、心から、それが疑問になってしまったのでした。

だって。

このお話では、主人公のライムが、中国から来たリーという刑事と意気投合し、リーに囲碁を教えてもらうんだけれど、この部分の描写が、物凄く、変なの。変としか言えないの。

まず、リーが、ライムに囲碁を勧める。うん、これはいい。トランプと違って、

〝運〟の要素がまったくはいらないゲーム、囲碁。麻痺患者で、自分ではまったく動けない、でも、頭脳の働きだけは、並の人間を凌駕《りょうが》する、そんなライムが、囲碁に興味を示す、そこまではいい。いいんです。

けど、ここからが、変なのね。

〝ライムは俄然《がぜん》やる気になった。ルールとゲームの目的を説明するソニー・リーの生き生きとした声に、全神経を傾けて聞き入った。

「ふむ、簡単そうだ」ライムは言った。二人のプレイヤーが順番に盤に石を置いていく。敵の陣地を囲んでいって、盤を広く占めたほうが勝ちだ。

「圍棋もほかの面白いゲームと同じだよ。ルールは簡単だけど、勝つのは難しい」〟（池田真紀子訳）

……ここまでの描写に、積極的な間違いは、多分ないです。（囲うのは自分の陣地のような気もするが。）

けど……自分で囲碁をやるようになった、今なら、言います。

口頭で囲碁の説明一回聞いて、それで判ったのか、ライム？　しかも！

「ふむ、簡単そうだ」？

本気か？

その上。

相手の刑事が、「あんたは初心者だから、俺にハンディキャップをつけよう。最初に三個よけいに石を置いてやるよ」って言ったら、それ、拒否しちゃうの。体のことがあるからハンディをもらったって誤解しているライムに、相手の刑事は。「あんたは今回が初めてだから、ハンディキャップをつけるだけだよ。（中略）場数を踏んだ棋士はたいていそうする」なんて言って、それに対して、断固と。「ハンディキャップは要らない。きみが先手でいいぞ」って、おーい、ライム、白持ってるよー。

そもそも、口頭で説明されただけで、囲碁って、判るもんなんでしょうか？　私なら、絶対判らないって自信がある。

その上ライムは、物理的に石を持てないので、数字で碁盤の中の位置を特定している訳でしょう、初心者が、十九×十九の、あの巨大な盤面を、いきなり数字で特定できるか？（私は未だにできません。）

それに、相手の中国の刑事も刑事だと思います。まったくの初心者に、置き石三つ？　この人、「故郷では同好会に入ってる」っていうくらいだから、それなりに打てる筈なのに、初心者に対して、置き石三つ？　あのー、それは、いくら何でも……。

しかもその上、「あんたは今回が初めてだから、ハンディキャップをつけるだけだよ」って、じゃあ、二、三回目以降は、棋力の差なんか無視して、オール互先になっちゃうの？ しかも、いくらライムが断ったからって、まったくの初心者に、置き石なしで白を持たせる？

その上。事件が解決したあとで、なんとライム、中国人刑事のことを思い出しながら、恋人と碁を打とうとするんですー。あのう、あなたは、確か、今までの人生で、三局しか、碁、打ったことがないのでは？

それで、人に、囲碁を教えることができる？

ここから演繹《えんえき》できる事実は、二つのうちどっちかです。

一、実は作者、囲碁嗜んだことなんてない。

二、作者は、言葉でルールを一回聞いただけで囲碁が判り、三局打っただけで人に囲碁を教えることができる。（ないしは、実際に囲碁をやってみて、頭のよい人ならその程度のことはできると確信した。）そんで、そういう小説が普通に流通して売れているということは、アメリカ人は、無茶苦茶頭がよいか、やたらめったら囲碁に向いている人種である。

……多分、二が正解だってことはないと思います……。

囲碁やったおかげで、このお話の囲碁シーン……もう思いっきり全力で突っ込めて、楽しかったです……。

●○　こんな筈じゃなかったのに

一応、実は、見えて、いるように書いていたりばったりに殆どゆきあたりこの連載ですが。

構成考えてます。（……いや……これ、主張するまでもなく、あたり前の話か？）

連載始めた頃は、初心者にやっと毛がはえた級位者で、だからまあ、「詰碁のやり方が判らない！」とか、「ノビとオシとサガリとハイ、全部石がくっついているだけじゃん！　それで、何で用語が違うのか、一体どこが違うんだこれ！」ってな、今から思えば非常に微笑ましい原稿を書いていた訳です。まあ、この弱さで連載をするのは、いささか不安だなーって思ってはいたのですが、初心者ネタだけは、一杯あるぞ。

そして。この連載は続き、さすがに一年を越えたあたりで、初心者ネタは尽き……同時に、私、いくら何でも、ちょっとは、強くなってます。（一応、去年には、一級になったんだよね。）

そんでもって、その辺からは、どきどき連載。私が順調に強くなればいい。強くなればいろいろ判ってくることもありますから、エッセイのネタができる、でも……全然強くならないと即座に、ネタにつまるか？　まあでも。私だって、絶対に強くなりたいので、順調に自分が強くなる予定で、構成を作ってました。

今年の四月頃。旦那が初段になった話を書きましたよね。そんで、私の予定としては、そう日をおかず、私も初段になるつもりで、だから、〝旦那の試験碁〟のあと、二つか三つ、違う話題を挟んで、〝私の試験碁〟を書き、〝初段〟突入の筈だったのですが……ですが。

それどころじゃない話になってしまいましたっ。

今年の一月から、うちの教室のルールが変わったのです。今までは、とにかく連勝すれば級が上がる、そんな教室だったのですが……今年の一月から、連敗すると、級がさがることになっちゃったんですっ。

ま、このルールは、正しいと思います。去年からずっと一級だった私が、初段になれなかったのは、二勝や三勝はできても、四連勝なんてなかなかできなかったから。うん、レイティングが正しくて、置き石の効果がちゃんとあるなら、そうそう四連勝なんて、できるものじゃ、ないですよね。だから、四連勝するってことは、レイティングに間違いがあるくらい、その人が強くなったって話になる訳で、ならば、級、あげなくては。

また、同時に。レイティングが正しくて、置き石の効果がちゃんとあるのなら、そうそう連敗だってするもんじゃないです。にもかかわらず、五連敗してしまった私は……ひええん、一級から二級に、さがってしまいましたあっ。

これでは。ここから四連勝して、やっと一級に戻り、また四連勝して、初段に挑戦の権利を得、試験碁を受けてそれに受かって、それでやっと初段？　ということは、少なくともしばらくは、私、初段になれる可能性、ない？

エッセイの構成、ずたずた。

それに、第一、こんな筈じゃ、なかったのにー。

弱い自分が……哀しいです……。

●○　ネガティヴ・パワー

教室と並行して、囲碁同好会も、積極的にやってます、私。同好会では、やたら強い人が多いし（基本的に段持ちばっかで、しかも、十数年ぶりに囲碁をやりだした人が何人もいる。こういう人達は、ほんっとに強いんだよー）、私は、世話役のくせに、殆どおみそ、おなさけでおいてもらっているような状態なのですが……只今、同好会には、勧誘の成果もあって、四分の一くらい、囲碁やるの初めてって新人さんがいます。

さすがに、新人さんよりは、私、強い。んでもって、一応世話役だから、私、この人達に囲碁を教える立場なんですね。定例会とは別に、「新人さん特訓会」も、やってます。（勿論、私だけじゃ不安なので、会の代表である竹本健治さんが、先生役として臨席してくれています。）

そんで。ここの新人さんのとある人が、なんかあまりに面白いので、ちょっと、それについて書いてみたいと思います。

☆

初心者のみなさまは、〝特訓会〟では、囲碁ドリルをやってきて、判らなかった処を、竹本先生が解説、そののち、九路盤、十三路盤で対局、それを私や竹本先生がみて、終局した後で、変な処を指摘したり色々しています。

そんで……あの……対局中、ぼやく人って、いるでしょう？　初心者のお一人が、大変にぼやく方なんです。それも……そのぼやく台詞が、何ていうか、普通じゃない。

「……あああ……盗んだバイクが……」

囲碁、対局中に、そうぼやかれると、見物している（初心者同士の対局では、終局が判らないので、私か竹本さんが見ていて、「終わり」宣言をすることにしてます）私、思わず。

「あの……盗んだバイクって、何？」

「尾崎豊の歌に、『盗んだバイクで走り出す……』っていうフレーズがあって、今、私は、そんな気持ちです」

……どんな気持ちなんだ？

しかも、その上。

「ああ、こんな処に石置かれてしまった、うーうーうー、私の石を全滅させようという、邪悪な意図を感じる」

「鶏を連れてきて、首を切って、その生き血を」

「ネガティヴ・パワー！　呪ってやる、呪ってやる、呪ってやる、呪ってやる」

……これ……字で書くとなんか凄いんですが……御本人も、本当に暗そうな低い声でこう言っているのですが……実に、何というか、楽しそうなんだよお。表情、言い方、あっけらかんと、すっごく明るく楽しく呪っている。（って、いいんだろうか……。）

そんでもって。

「ああ、〝盗んだバイク〟で走っているうちに、バイクが事故起こして壊れてしまった……」

なんてことまで言われると。

これはもう、笑うしかできません。

「おーい、対局中に、交通事故起こしたり、盗難事件起こしたり、ブードゥの黒ミサやったりしないように」

ぼやく人は色々知ってますけれど、こんなに笑えるぼやきをやる人は、まあ、滅多にいるもんじゃないです。

もの凄く独特なぼやきをやる人なんですが、そもそもこの人、ネガティヴなんだかポジティヴなんだか、よく判らない人だったんです。

だって。同好会に参加する時は、いつも、明るく、あっけらかんと。

「今日も負ける気満々ですっ！」って、力強く宣言。

〝勝つ気満々〟は判る、〝やる気満々〟も判る、けど、〝負ける気満々〟って……えーと、ネガティヴなのか、ポジティヴなのか？

御本人は、御自分のこと、とてもネガティヴだと思っていらっしゃるようです。実際、なんかあると、「ネガティヴ・パワー！」って叫んで、心に充電しているみたいだし。

そんで。

この人とよく碁を打つ、初心者の方がまた、ネガティヴなのかポジティヴなのか、よく判らない人なので……この二人の対局は、爆笑もの。

☆

「あなた達のことを見殺しにした、この情けない母を許して」

相手の方の基本基調は、これです。

属性から言えば、とても真面目に囲碁をやっている方です。うん、会で一番真面目に囲碁ドリルなんかやってきて、予習復習かかさない方なんですけれど、新人さんだから、もの凄くよくアタリを見逃す。そんで、石をとられる瞬間、いっつもこの人は、〝石の母〟になってしまうの。

「ああ、またあなた達は死んでしまうのね、気づけなかった、母を許して」

「あああ……また……どうか、進歩しない母を許して、あなた達に目が行き届かなかった母を許して」

いやあ、こちらは非常にポジティヴに囲碁に取り組んでいて、「ネガティヴ・パワー！」って叫ぶ相方に対して、「そんなー、ポジティヴに一緒に進歩しましょうよー」って言うんだけれど、言葉の調子だけ聞いていると、彼女の方がずっとネガティヴ。（「ネガティヴ・パワー！」が、すっごく明るい言い方なのに対して、「…ああ……どうか、不注意な母を許して」っていう時の彼女の言い方は、ほんとに哀しそうで、真剣に石に謝っているぞ。この先、彼女が上達して、わざわざ石を二目にして捨てる局面になったり、捨て石を打つ局面になったら、どうなるんだろう……？　実は私、それが心配で楽しみ。性格的に、それ、できないんじゃないか、彼女？　って、こんなことを楽しみにしている私も、大概性格が悪いんですが。）

それにしても。

「そんな処に！　ちっくしょー、私の石を殺す気ですね、呪ってやる、呪ってやる、呪ってやる」

「……あ、ああっ！　また！　……どうかお願い、あなた達を見殺しにしてしまった、情けない母を許してー」

「ネガティヴ・パワー！　……あ、盗んだバイクが壊れてしまった……」

「嫌ああ、あなた達は、助かるの、駄目なの、あああ、母を許してー、お願い、母を許してー」

……言葉だけ拾ってると、何をやっているんだか。あまりの台詞運びに、隣で打っている人からつっこみがはいったりもして。（いや、つっこみたくもなりますって。）

台詞だけ見てると……大丈夫か、うちの同好会？

コラム9 ところでサルスベリって何？

ヨセの手の名前です。（ヨセっていうのはね、序盤で布石をやって、中盤で戦い、石の大体の形が決まった処で、黒石と白石の境界線をはっきりさせる、まあ、双方共に、最終防衛線を決めることです。）

そんで、ヨセになった時。自分の石の裾があいていると、敵がずずって中にすべりこんできてしまう、それがサルスベリ。

んと、こんな形があるとしますね。①（勿論、中央には一杯黒石や白石があるんだけど、話を簡明にする為に、すみっこの黒だけを、今、とりあげてます。他の石は省略。）

この形、下の方で、白の方が黒より一個下まで石があります。こういう形の黒を、スソアキ（裾があいているの）って言います。この形だと、白、なんと②こんな処まではいってきちゃいます。はいれるんです。これを正しく止めると③って形になります。なんか、物凄く白に侵食された感じがして、非常に口惜しい。

けれど、サルスベリの本当の恐ろしさは、「とても白に侵食されてしまった感がある、口惜しい」ってことじゃ、ないんです。初心者は（そして、級位者でも割と）、

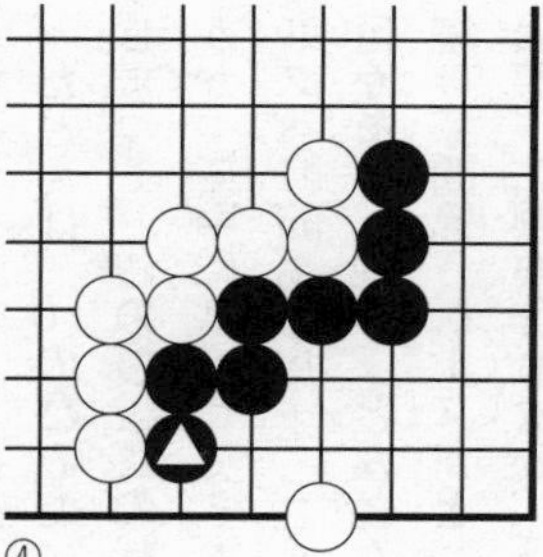
④

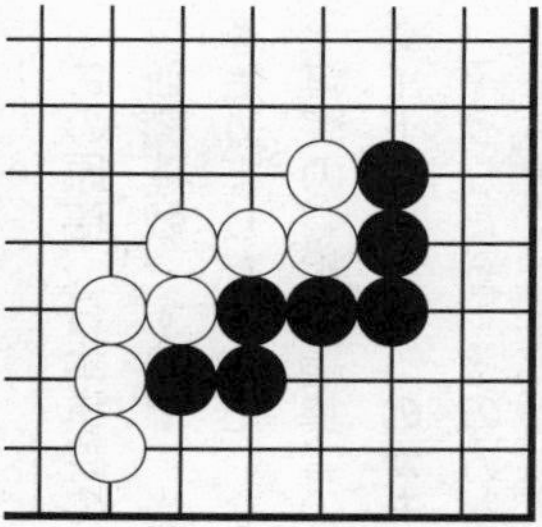
①

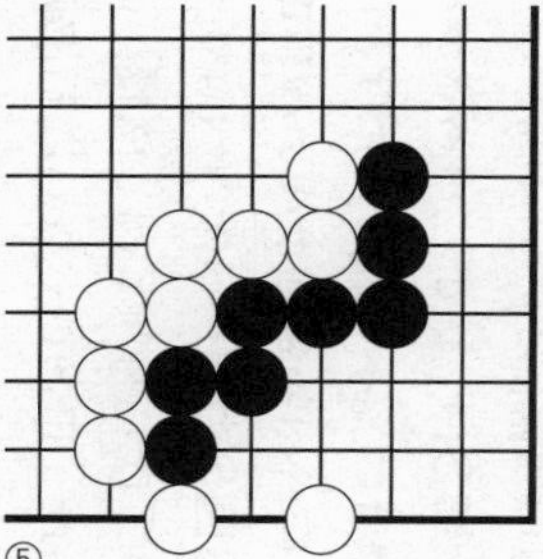
⑤

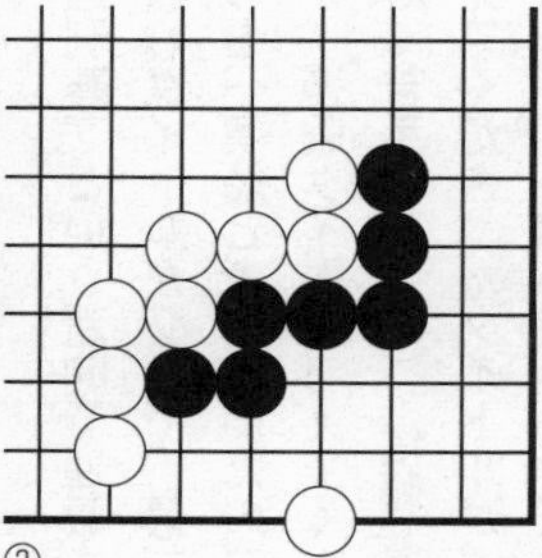
②

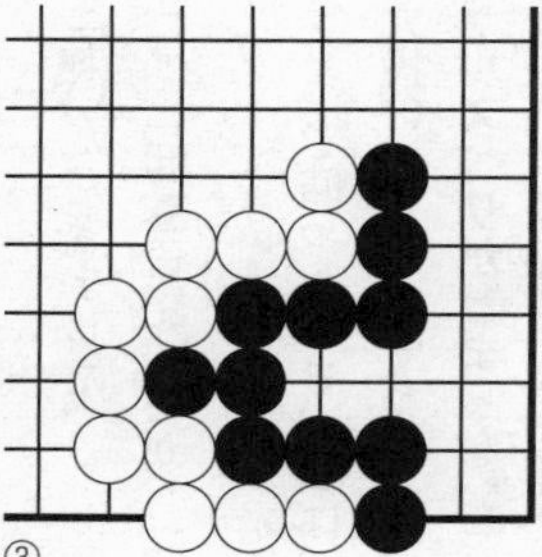
③

この石のとめ方を、間違うケースがあるんです。というか、すっごく間違いがち。たとえば。④の△みたいな処に打つと、この白、とまりません。⑤の処に打たれてしまって、この白、この状態で繋がっています。ということは、も、どんどんかさにかかって中にはいってきちゃうってことで、最初の図では、二十目も夢みていた（サルスベリがある以上、二十目はそもそも夢なんですけれど）、ちゃんととめたら十何目かあった地が、どんどんどん減ってゆく。しかも、一回間違った人は、何故か続けて間違うケースがとっても多くて、もし、この黒が上の方で白に囲まれていたら、最悪、二眼が作れない、死んでしまうって可能性まででてきます。

この原稿。日本棋院の『週刊碁』という新聞で連載させていただきました。新聞連載ですので、当然通しタイトルが必要で、最初私は、「囲碁日記」とか、「囲碁始めました」みたいなものを、漠然と考えていたのですが。

棋院の、担当編集者の方が、連載タイトル考えてくださるって仰ったので（私は、タイトルを考えるのがもの凄く苦手で下手だ）、信頼して丸投げしたんですね。そうしたら、その方が考えてくださったタイトルが、「サルスベリがとまらない」。当時の私の棋力では、このタイトル聞いて「？」だったのですが、同好会や何やで知り合った囲碁好き、段持ちの方には、このタイトル、おお受けでした。みなさん、聞いた瞬間、笑いだすんだもん。

……今の私なら、判ります。

いやあ、実に見事な、タイトルだ。

このタイトルだけで、当時の私の棋力を現して余りある。

サルスベリがとまらない。

いやあ、初心者は絶対にとめられない、級位者でも下手な方ならとめられない。いや、ほんっと、サルスベリって、油断してるとうっかりすると、今の私でも、とめるの、失敗すること、あるもんねえ。この間もそれで、十目くらい損したもんなー。

(あ、あと。ここに書いた図は、私が判断して一番判りやすいと思ったサルスベリの図です。おそろしいことに、サルスベリって、あたりの黒石、白石の関係で、まったく違う図になってしまうこともよくあります。——というか、こんな典型的な図になる方がむしろ珍しいわ——。当然、石の配置によっては、とめ方がまったく違ってきます。だから、とまらないんだよー、サルスベリ。ほんっと、級位者にとっては脅威なんだよ、サルスベリ。)

●○　サルスベリをとめさせて

いきなりですが、回想にはいります。

もう……二年近く前の話になるのかな、この連載を始めてすぐ、私に、とある仕事の依頼があったのでした。

『阿含・桐山杯』の決勝戦の前、そこでのトークイベントに出席して欲しいっていう。

「え、そのイベントに出席すると、まさか『阿含・桐山杯』の決勝、ライブで解説が聞けたりするんですか？」

勿論、聞ける訳でして、だからもう私は、もしあるのなら、尻尾、ぶんぶん振りながら、このイベントの参加にうべない……うべなったあとで、心配になります。

「あの……私以外のトークイベント出席者って……？」

「白江《しらえ》治彦《はるひこ》八段と小川誠子《ともこ》六段です」（当時の敬称です。）

お二人共、知っている人だわ。

いえ、この表現は、ちょっと違いますね。

勿論、このお二人は、私の個人的な知人や知り合いじゃ、ないんです。ただ、この頃には私、「囲碁・将棋チャンネル」なんか結構見ていて、このお二人、TVで見たことが何度もある。だから、私の方が、まったく勝手にこのお二人、知っている。それだけの関係。

ただ……このお二人は、プロ棋士ですよね。そんで私は……。

「あの……言うまでもないことなんですけれど……私、弱いですよ……？」

勿論。強いアマチュアだって、プロ棋士に比べれば、弱いです。けど……あの……私の〝弱さ〟って、ちょっと只事ではないというか……あの……私、本当に初心者なんですけれど。囲碁、全然判っていないって言ってもいいレベルなんですけれど。その私が、こんなお二人とトークイベントやるっていうのは……いいのか、本当に？

（このあと。囲碁関係のお仕事をいただく度に、私は、一体何回、この台詞を言っただろう。あんまり言いたくない台詞なんですけれど……「私、本当に囲碁、弱いんですよ？　こんなに弱くていいんですか？」

あうう、せめて初段になりたいよお。でも、アマチュアで強い人を見ていると、アマ初段って、実は全然強くないのね。とはいえ、さすがに級位者よりは、いくら何でも、ましな筈。）

「いいんです。新井さんは、『週刊碁』で『サルスベリがとまらない』を連載している、初心者の代表って感じで、参加していただければ」

……いいのかなあ、いいのかなあ、絶対、力不足な気はするんですけれど……こう言われてしまうと。

初心者の代表として、がんばろうという気になります。そしてその上、私が通っている囲碁教室に（日本棋院でやっている）、白江先生がいらしてくださって（多分、棋院に来る御用事があって、それで、ついでに、私の顔を見にいらしたんだと思う）、御挨拶なんかしてしまうと、私的には盛り上がります。

そんでもって、同時に。

なんか、予感が、ぴりぴり。

私……そんな短期間に、碁が強くなることは不可能だけれど、少なくとも、〝サルスベリ〟だけは、とめられるようにならなくっては。

じゃないと、とても恐ろしいことが起こりそうな、そんな、予感が、するんですぅ。

同好会で私の囲碁の先生である、竹本健治さんにお願いしました。

「私、サルスベリをとめたいんです。その、とめ方を特訓してください」

うーむ。いきなりの、この台詞は、変だよね。

「えっと、あの、他のことはどうでもいい、とにかく、今、サルスベリだけをとめたいんです。サルスベリがとまりゃ、あとはどうでもいいんです」

「……はて？」

竹本さん、不審顔。ま……そりゃ、そうだよなあ。そこで私、それまでの経緯を説明して。

「何か、とにかく、サルスベリをとめられないと、すっごくまずいことが起こりそうな気がして……」

「じゃあ、まあ……」

ここで竹本さん、左下隅で、まず、一般的な〝サルスベリ〟の形を作ってくれて。黒地（だと、私なんかだと思っている処）に、白がサルスベリをやってきた時。

「どう、とめますか？」

「え、普通に、ここ」

で、続けていくつか石を打って。

「そして私はここに打ちます。はい、これで、とまりましたか？」

よくよくみると……あううん、これ、とまってないよー。

「これは、駄目です。んで、今までのこと、全部なしにして、じゃ、ここ」

「じゃあこう打ちます」

あ、しまった、これもとまらない。

「それじゃ、こっち」

「その場合、こう打ちます」

「そんでここをおさえて」

「それでは、私は、ここに打ちます」

どっひゃあ、わたられてしまったではないかっ！

「せ……せんせえい、駄目ですう、とまりません！」

そんで、ここで、竹本さんによる解説。

「一般的なサルスベリのとめ方として一番あるのは……」

で、教えていただいて、何回か復習して、よし、この形なら自信をもってとめられるぞ！　って思った処で。

竹本さん、「それでは」って言って、石の形を、ちょっと変えます。そして。

「はい、今までの処はいいとして。さて、石がこういう形になっている時、白がサルスベリをしたら、どうやってとめますか？」

え、きっき、教わったのは、ここだよね？ そう思って、そこに打つと……ああ、黒、駄目じゃん、というか、今、私が打った処、殆ど最悪かも。いくつか石を打つと、黒、ひっどい形になっちゃう。

ひいい。

ということはつまり、サルスベリをとめる為には、状況判断が必要だっていうことですよね。「ここに打てばOK」って場所がある訳じゃなく、常に盤面を睨みながら、ある程度、先を読んで、状況判断ができないと、サルスベリはとまらない。（だからまあ、『サルスベリがとまらない』って、「まだ先が読めない初心者だよー」って意味にもなる訳ですが。）

ただ、先を読むことなんて、まだまったくできない私は、この段階で、すでに泣いてます。

「せんせーい、無理ですう。私には、サルスベリ、とめられませーん」

「大丈夫です、新井さん。ゆっくり、落ち着いて考えてみましょうね」

サルスベリが全然とまらなくて、もう殆ど涙目の私に対して、竹本先生は、ほんっとに優しかったです。（というか、竹本さんって、碁を打っている時は、「ひえー、こんな処にはいってくるのー、意地悪ー、意地悪ー、ひどいー」っていつも思うのですが、それ以外の時は、本当に温厚で優しい。これが実戦だったら、サルスベリで私の黒地を荒らすだけじゃなく、私の石の形の傷なんか睨んで、下手すりゃ私の石、どっか落ちるか、最悪、大石が丸ごと死んでしまう状況にもちこむような、悪辣《あくらつ》なことをお考えになるんですが――って、こういうのは〝悪辣〟とは言わないわな――、「教えてくれる」モードの時には、本当に親切で、しかも、私が何度同じ間違いをしても、にこやかに、「それで本当にいいんですか？」ってつきあってくれます。）

囲碁同好会っていうのは、会員が、時間中、ずっと碁を打っている、たったそれだけの、それしかしない同好会なのですが……この日、竹本さんの手が空いた瞬間から、私、ずっと竹本さんを独占しちゃって、しかも碁なんか全然打たずに、ひたすら、サルスベリをとめる特訓やってもらっていたような気がする……。

結果として。

付け焼き刃でも、何とか私、サルスベリだけは、とめられるようになりました。

うん。自信をもって、とまるぞ、サルスベリ！

きっと、とまるよ、サルスベリ。

とまってくれるといいなあ、サルスベリ。

……できれば……とまってくれたら嬉しいんだけれど……サルスベリ。

ああ、どんどん弱気になってゆく。

こんな状況で、私、トークイベントに出た訳です。

☆

会場にはいった瞬間、心の底から、ふうって息を吐きます、私。だって……イベント会場には、のち、『阿含・桐山杯』の大盤解説をする為の大盤があり、そこに作ってある形は……サルスベリだっ！

そんで、トークイベントは始まり、私もおしゃべりをした筈なんですが……実は、心、半分くらい、そこになかった。必死になって、大盤のサルスベリを見ていました。あれは、習った形だ、あの形はその応用、うん、とめられるよね、私、きっととめることができるよね？

そんでまあ、イベントの後半、実際に私は、サルスベリをとめてみせることになり、特訓のかいあって、無事に私は、サルスベリをとめることができ……。

ほおおっ。よかった。

ま、これ、のちにちょっと反省しました。トークイベントに呼ばれたプロの物書きとしては、実力のまま参加して、実力のまま、とめられるものもあり、とまらないものもあった方が、イベント、盛り上がったのかなあ。

でも。あの時は、そんなこと、とても考える余裕、なかったです。うん、私の中で、〝プロの物書き〟より、〝囲碁に強くなりたい初心者〟の部分の方が、勝ってしまったんですね、あの時。

●○　サルスベリがとまらない！

サルスベリのとめ方を必死になって練習した二年前。あの時は、ほんとに必死でしたから、一所懸命覚えた、サルスベリのとめ方でしたが……〝必死〟部分がこそげおちると、忘れるんだなあ、人間は、必死になって覚えたことですら。

そんな訳で、この間。教室で、私、碁を打っておりました。そんでもって……うーん、これ、勝てる碁だったよな、私の方がよかったよな、でも、負けて。

うちの教室は、先生が碁を打っている生徒達の間を巡回して、生徒の碁の棋譜をとり、終わった処で、よかった処やまずかった処の、ワンポイントアドバイスをしてくれることになっています。そんで、碁が終わった私と相手の処に、先生がやってきて。

「結果、どうなりましたか？」

「負けました……」

「あれ？　新井さんの方がちょっとよかったと思っていたのですが、何がありましたか？」

ああ、言いたくない。とっても言いたくない。すっごく、言いたくない。けど、事実は、言わない訳にはいかないでしょう。

「サルスベリが……とまらなかったんです……。で、結果、右下の石が、落ちました」

先生が、あちこちまわってアドバイスをしてくれる。だから、うちの教室では、自分の碁が終わり、自分が先生からアドバイスを受けた後の生徒は、時間が許す限り、先生のあとをついてまわっています。他人に対するアドバイスでも、自分の参考になるからです。だから、この時も、先生のまわりには、生徒が五、六人、いて。

「サルスベリがとまらなかったんです」って私が言った瞬間、さすがに先生は、口の中で、「くくっ」って笑っただけでしたが、まわりの生徒、大爆笑。（この頃には、この連載のこと、教室内でばれてましたから。）

あううっ！

私はね、私はね、教室で受けたくて、この連載している訳ではないわいっ！　でも、受けちゃった。物凄く、受けちゃった。

いや、受けると嬉しいのは、物書きの性《さが》なんですが……ちがあう。これ、何か、違う！

私は、こういう風に〝受けたく〟て、それでこの連載をやっていた訳じゃ、なあいっ！

☆

と、まあ、いろいろあったこの連載ですが、今回、無事に、百回目を迎えることができました。

私の予定と気分としては、百回までの間に、絶対初段になっている筈だったのに、それが果たせなかったのだけが、とてもとても残念なのですが、まあ、百回を迎えることができただけでもありがたいかな。

区切りということで、今回で、この連載、おしまいにしたいと思っております。未だに碁はまったく弱いし、こんな未熟者（……さすがに、四年やって、初心者とは言いにくいわな）の文章にお付き合い頂きまして、本当にどうもありがとうございました。

繰り返しになりますが。

今まで、本当に、どうも、ありがとうございましたっ！

●○ あとがき

あとがきであります。

これは、二〇〇六年十月十六日号から〇八年十月十三日号まで、『週刊碁』で連載させていただいた原稿を……えーと、普通だったら、「加筆訂正したものです」って文章になる処なんだけれど……実際の気分としては、「加筆訂正どころじゃない……リニューアル版です」

☆

この原稿を書いた時は、私、囲碁始めて三年くらい。日本棋院の宮崎龍太郎先生の教室に通っていて、連載開始当初、七級、くらいだったのかな。

原稿依頼をいただいた時には、ほんとに仰天しました。

いや、だって、七級の人間に、日本棋院から原稿依頼があるって、それ、何なの。

何か間違ってない？ アマ七段くらいの新井さんって文筆家がいて、棋院の方、私とそのひとを間違ってない？

これが、間違ってなかったんですねー。打ち合わせしまして、ほんとに棋院の方が、「初心者で囲碁始めたばっかりの人間のエッセイが欲しい」んだって判った時には、驚きました。

で、舞い上がっちゃった。

『ヒカルの碁』を読んで囲碁始めた人間でしたから、『ヒカルの碁』にでてきた日本棋院の、しかも、『ヒカルの碁』に出てくる『週刊碁』の編集部から依頼があるだなんて、これはもう、舞い上がらずにはいられれようか。

それで。この本の、もとになるエッセイを、書かせていただきました。

この時は、本当に楽しかったです。

そもそも私、文章書くの好きだし。

しかも、まだ始めて三年、囲碁がすっごく面白くって、碁界のいろんなことに触れられるのが楽しくって、〝囲碁〟って聞いただけで嬉しくなっちゃう頃だったから、余計。

連載も楽しかったし、教室や同好会や、そのあと作った宮崎先生の会なんかもとっても楽しかったし。何より、この頃はね、どんどん私、強くなっていってたのー。百回まで連載したんですが、その頃、一級。

……はい。

お察しでしょう。この後からね、私、伸び悩んでしまって、いくら打ってもいくら打っても、強くなれない。この辺の気持ちは、囲碁やってる方なら（プロ棋士になるような、あっという間に級位者を駆け抜けてしまうひとは除いて、普通の方なら）、お判りいただけますでしょ？

口惜しい……訳、じゃ、ないんだな。

情けない……とも、違う。

これは、何なんだろう。

うーん……微妙。

☆

でも。伸び悩んでいても、囲碁はずっと好きでした。ずっと続けていて……おお、もう、十数年、やっている。

その間に、囲碁関係のお仕事も、いくつかさせていただいて。これまた、とても、楽しかったです。(……ただ……毎回……お仕事いただく度に、「あの！ 私、弱いんですよ？ 本当に弱いんですよ？ まだ初段になってませんよ？ それ判ってます？」って、聞かなきゃいけないのが情けない……。)

今は詰碁が本当に好きで、仕事終えた後、晩酌しながら詰碁やるのが趣味になってます。

☆

で、今回。

この原稿を、本にしていただけるってお話があって、いろいろ、打ち合わせしました。

この原稿。自分で言うのも何なんですが、私、結構、好きなんですよ。囲碁、始めたばかりの初心者が、本当に頑張っているんだもん。しかも、初心者ならではの〝変な処〟も一杯あるし。

でも、言い換えると、これが、この原稿の問題点。

囲碁好きの方には、にやってしてもらえる原稿なんじゃないかなって自負はしております。けれど、本当に囲碁好きで強い方には喰いたらない原稿かも(だって視点が完全初心者で、深い囲碁の話なんかでてこない。)

かといって、この原稿だと……まったく囲碁を知らない方は、よく判らないかも。

担当の編集の方は、囲碁をよく知らない方でしたので(まったく知らない訳ではない)、「判らない処と判らない言葉をあげてください」って言ったら……これがもう、おそろしい数。それ聞いた、こっちはこっちで、「え？ この言葉が、判らないの？ え、この状況が、判らない？」の連続。

いろいろすり合わせをした結果、この本、基本の書き方を変えることにしました。

『週刊碁』で連載していた時は、「まったくの初心者が囲碁始めて大変だったこと」を、囲碁やってる方に訴えるってスタンスだったんですが、だから、想定読者は、〝ある程度囲碁が判っているひと〟だったんですが、今回、〝囲碁を知らないひと〟を、想定読者に変えました。

囲碁、知らない方が読んでも判る本に。

んで、私の望みは、これ読んで、「へー、囲碁って、なんか面白そう？ 私もやってみよーかなー」って思って貰えることです。(囲碁知ってる方は、「あー、そーいや初心者の頃は、こんな苦労したよなー」ってにやってして貰えれば本当に嬉しいです。)

どうか、そんな方が、ひとりでもいらしてくださいますように。

☆

あと。

宮崎龍太郎七段には本当にお世話になりました。ありがとうございました。

この本に出てくる九路盤の棋譜（コラム1）、宮崎先生の合宿で作ったんだよね私。（合宿の企画が一段落した後、お風呂あがりで旦那と私が打った碁なんだなこれ。いやあ、この本に九路盤の棋譜を載せようと思って、それで初めて気がついたんだけれど……棋譜って、著作権があるのね。で、歴史に残るような名局の棋譜なら、「棋聖戦」の棋譜、「名人戦」の棋譜、なんて具合に、管理している処があって、そこに断れば使わせて貰えるんだろうと思うんだけれど……普通のひとが打っている、九路盤の棋譜は、どうなの？　適当にどっかから引用するのもまずいだろうし、九路盤の棋譜見たことないし。一番簡単なのが、自作してしまうことだって気づいたんで、合宿でやってみました。私と旦那の棋譜ならば、著作権は問題ないもん。）

「言葉がよく判らない」ってコラムの図も、同じく合宿で、「ノビとサガリの違いは？」「オシとノビの違いは？」って、全部、宮崎先生に質問して、作ってみました。

十数年、囲碁やってて……未だに初段になれない私を、優しく教えてくださっている宮崎先生、いつも、ほんっとうにどうもありがとうございます。

それから。推理作家の竹本健治さん。

同好会での私の先生です。ほんっとに、いいひとで、優しくて、何度同じ間違いしても笑って許してくださる（これは宮崎先生もそうなんだが）、判らないことがあるととても丁寧に教えてくださる、とてもいい先生です。（けど……実際に、碁を打つと、こんなに鬼畜なひとはいないって感じになっちゃうのが不思議なんだけど。）

本当にどうもありがとうございました。

（なお。あたり前ですが、私、できるだけちゃんと、囲碁の図や説明、やってるつもりです。でも、間違っている可能性はある訳でして……その場合、間違いは、すべて私の責任です。）

☆

それでは。

この本……ちょっとでも、楽しく、読めていただけたら、嬉しいです。

そんでもって、囲碁を知らない方が、これ読んで、「面白そうだから、囲碁って、やってみよーかなー」って思ってくださったら、私にしてみれば、こんなに嬉しいことはありません。

そんで、もし。

もしも御縁がありましたなら。

囲碁に限らず、また、どこかで、お目にかかれれば、本当に嬉しいです……。

二〇一八年二月

新井素子

祝　還暦！　夫婦対談

手嶋政明×新井素子

○『素子の碁』その後

素子　『素子の碁』の単行本刊行から、もう二年以上たったんだねえ。囲碁は、続けてはいるけど、相変わらず全然強くなってない。(笑)

政明　この三年くらい、素子さんは仕事がかなり忙しそうだったし。

素子　あなたは俳句という別の趣味にめざめちゃったし。

政明　俳句は、趣味というか、もう少し高いレベルを目指せればいいな、と思って勉強している。むずかしいんだけど。そんなこともあって、このところ碁の方は少しサボリ気味かな。コロナの影響で、今年は碁を打つ機会も減っているしね。僕たちは、インターネット碁はやらないから。

素子　日本棋院自体も（二〇二〇年）三月から営業自粛してたしね。今はアクリルのパーティションを立てて、碁を打てるようになったけれど、二人で幹事をやっている宮崎龍太郎先生の会もしばらく延期が続いたし、推協の同好会の囲碁の大会も中止になっちゃったし。

政明　まあ、寝る前のナイトキャップならぬ、「ナイト詰碁」は続けてるけどね。ワタクシが問題をだして、酔っ払った素子さんがそれを解く、と。

素子　毎日ではないけれど。

○定年後の生活

素子　今年の七月に、あなたが無事、定年を迎えて、退職して時間もできたし。

政明　退職して心情的に怖かったのは、仕事に行かなくなって、だらけた生活になるんじゃないかということだったけど、案外大丈夫だった。毎日スケジュールを立てて家事をこなしているし、定年を迎えた以上、何も人の多い土日にわざわざ外出することはないから、水、木、を自分の休日にしよう、と決めたのが良かったのかもしれないよね。

素子　うん。私としては、やっぱりあなたが毎日家にいてくれるっていうのは、すごくありがたい。うちは角地なんで、家の周りの掃除が本当に大変。特に今年みたいに雨が多いと、濡れた枯れ葉がくっついてほうきで掃けないでしょう。だから濡れて塊になった枯れ葉をちりとりですくうようにして集めるんだけど、そんな時、横でゴミ袋を広げていてくれる人が欲しかったの。ほかにも、高いところの枝を切るとか、一人でできない庭仕事もあるしね。今までは「今度の土日、晴れたら掃除しようね」って言ってても、天気が悪いと一週間先に持ち越しになっていた。でも、いまはあなたがいつでも家にいる。（笑）今年はザクロも収穫できそうだし。

政明　去年は、収穫しようって言っているうちに腐らせちゃったから。

素子　ザクロって二階か、三階くらいの高さに生るから、一人じゃ絶対に収穫できないしね。

○素子さんの野望

素子　あなたの定年にともなって、私の生活も変わったよね。今まではお昼頃起きて、夜あなたが寝てから朝まで仕事する、というパターンだったけれど、今は朝きちんと起きているし。

政明　以前から、「晩ご飯を六時半ごろに食べるようになったら、仕事も朝型にする」と言ってたけれど、まさか本当にこんなふうになるとは思ってなかった。今、八時半くらいには起きてきてるよね。これにはびっくりしてる。

素子　あなたが仕事から帰ってくるのを待って、一緒に夕飯を食べたいと思っていたから、今まで夕飯の時間が決められなかったんだよね。場合によったら十一時、十二時ってこともしょっちゅうだったのが、いまは夕飯が六時から七時の間って決まったのが、何と言っても楽。いきなり帰ってきたり、連絡なく帰りが遅くなったりすることがなくなったし、そもそも、「今日はわからない」っていうことがなくなったのが、何よりうれしい。ゴルフとか、なにか用事があって夕飯はどうなるかわからないという時は、わからないなりになんとかできるし。今までは週の大半が「わからない」だったけど、いまは「わからない」というのが月に二、三回。

政明　夕飯の時間を決めたい、っていうのが、素子さんの野望の一つだったわけだから、良かった。

素子　そして、もう一つ、「鍋を洗ってもらう」という野望も叶ったよね。うちはカレーは三日分くらいまとめて作るから、煮込んだあと、たいてい鍋底が焦げ付いちゃう。その焦げ付いた鍋を洗ってもらうっていうのも私の野望だった。（笑）

政明　鍋洗いは力仕事だからね。鍋釜だけじゃなく、ルーティンの中には食器洗いと、洗濯も入っているから、その辺りの家事能力はついてきたかな。

素子　そのうち料理も楽しんでできるようになるといいな。今日の夕ご飯は餃子の予定なんだけど、さっき私がタネを作っておいたから、フライパンかホットプレートで一緒に作ろうかと。餃子パーティーって参加者がみんな、自分の好きなように包んで、いろんな形の餃子ができるじゃない。あれを今日一緒にやってみようよ。子どもはあれ、楽しんでやるけれど、六十歳のあなたが楽しんでやれるかは、謎だけど。(笑)

政明　私は基本的に食べるの専門ですから、料理は徐々に徐々に挑戦していきたいな、と。

まあこうやって、家庭内はいろいろと小さな変化を積み重ねていっているわけだけど、今こういう状態だから、楽しみにしていた旅行だけはなかなか……。

素子　今は行けないからねえ。

政明　リタイアすれば、いつでも好きなときに旅行ができると、サラリーマン生活を送っている人は誰しも期待すると思うんだけど、こればっかりは社会情勢だから仕方ないね。自由な時に旅行に行けるというのはリタイアの大きな特典だったはずなんだけど。

僕らは、前々から南米、とくにインカに行きたいとずっと思っていたんだけれど、高山病にかかったりすることを考えると、なるべく若いうちに行きたかった。フランスあたりで美術鑑賞をしたり、ワインを楽しんだりというのも、楽しみにしていたけれど。

素子　国内旅行ですら今は難しいもんね。

政明　こういう状況になってしまったことは、ちょっと残念だったけど、その反面、外食しなくても案外平気だということがわかった。会社員時代は、お客さんとの付き合いもあって、会社の周りや、取引先の近くのおいしいお店を探して食べにいくのが日常だったから、外に出なくなったら、あそこのあの味がどうしても食べたい、というふうになるんじゃないかと思ってた。でも、家でおいしい夕ご飯を作ってくれるからということもあるんだけど、それほどつらくないっていうのは、自分でも意外だった。

○家での過ごし方

素子　私が仕事をしている間、あなたは意外と自分の部屋にいるよね。俳句の勉強とかしてるのかな。お昼を食べた後、私が「夕ご飯だよ」っていうまで、一人で部屋にこもってたりする。

政明　俳句は、堀本裕樹先生主宰の「蒼海句会」に入会して、勉強している。ちょうど一年くらいになるかな。月に一回の句会には三句提出しなきゃならないんだよね。

最近はこういう状況だから、句会もお休みだったけれど、六月くらいからオンライン句会に切り替えて、続いているんだよね。七月の句会では、なんと、ワタクシ、特選をいただいて、それがちょっと自慢。（笑）

素子　オンライン句会のあとに、オンライン飲み会があって、私もこの間、混ぜてもらって。それがとても楽しくて。それを機に、ウェブカメラも買ったんだよね。推理作家協会の理事会もＺＯＯＭでやったし、友達ともオンライン飲み会を定期的にするようになって、いま、結構はまってます。八人くらい集まって、自分の横にご飯を置いて、飲むんだけれど、みんなペットやぬいぐるみも連れてきて、「うちのペットでーす」とか「ぬいでーす」って、参加させてる。（笑）

まあ、これでコロナがなかったら言うことないなあと思うけれど、これはきっと全世界の人が感じてることだろうから。

ただ、東京のコロナウィルスの感染者数が一日二百人を超えだしたころに、あなたは定年で通勤しなくてよくなったでしょう。これはラッキーなことなのかもしれないけれど、どうしても電車に乗って仕事場へ行かなくてはならない人たちのことを考えると、申し訳なくて。

政明　一時はリモートワークが推奨されたりもしたけれど、今はまた通勤電車も混み始めたよね。そんなときに、自分だけ通勤しなくてよくなったっていうのは僕もなんとなく申し訳ない気がする。

まあ、こんな状況がどれだけ続くかはわからないけれど、もしこれから素子さんと一緒になにかをやるとするならば、市民大学講座のようなものに通いたいと思っている。もちろん全部一緒の講座じゃなくてもいいんだけど。それから美術館や博物館へ行ったり。最近は予約制で見られるところもあるみたいだしね。

私はもともと会社員として外に出てたけど、素子さんはあんまり積極的に外に出て行くタイプじゃないから、あんまり家にこもってばかりの生活にならないようにしたいよね。

素子　今、スポーツクラブも行けないしね。最近、営業は再開したけれども、あなたも私ももう還暦を超えたし、持病もあるから、(笑) 気をつけないと。その代わり、できるだけ外を歩こうと、大抵のところは歩いていくようにしてるよね。最寄りのTSUTAYAや、歯医者さんまでは歩いて行く。

政明　TSUTAYAは徒歩四十分くらい、歯医者さんは一時間くらいかな。

素子　DVDを借りて帰ってくると、一万歩くらい歩くことになる。(笑) しかも、本来ならば、バスに乗って電車に乗って、また電車に乗ってバスで帰ってくることになるから、八百円くらいの節約。(笑) 今はちょっと歩くには暑すぎるけど。

政明 やっぱりランニングマシーン買う? (笑)

素子 あれさえあれば、私は本読みながら歩けるから。(笑)

政明 退職して、素子さんを一日見てると、ほとんど、本を読んでるよね。(笑)

素子 家にいる時間が長くなって、また読書量がふえちゃった。いま、本屋さんに行くたびに、新刊の文庫を買い占めて、ますます本屋さんの大お得意さんになっているような気がする。

政明 素子さんは八月八日で還暦を迎えたんだよね。そういえば、昔から歴史ものだけは還暦後の楽しみとしてとっておくって言ってたじゃない。あれも解禁?

素子 池波正太郎は揃っていると思うし、あなたが佐伯泰英を本棚二段くらい買っているから読むものはあるんだけど、それでも一月くらいで読んじゃうかもしれない。そうそう。定年後の楽しみとして、今、NHK杯の囲碁番組を録画して、二人で並べてるんだよね。これは、一手三十秒で打ってくれるからそんなに待たなくてすむし、テレビの画面と同じところに碁石を置けばいいから、新聞や雑誌の棋譜ならべみたいに苦労することはない。

政明 番号を探さなくてもいいもんね。

素子　以前はあなた、あの番組を見ながらテレビの前でよく寝てたよね。（笑）

政明　一手を打ったあと、「じゅうびょうー、にじゅうびょうー」って時間を読み上げる声が催眠術のようで。（笑）

素子　でも二人で一緒に並べてると、その三十秒の間、おしゃべりができる。これなら次はこっちだろう、とか、私ならこっちに打つ、とか。そんなふうにやっているとあなたも寝ないし。（笑）テレビの前の食卓の上で折りたたみの携帯碁盤で打ってると、食卓に乗っちゃだめ、って叱られるから、猫もいたずらしに来ないしね。

（二〇二〇年八月十一日、ZOOMにて収録）

●○　文庫版のためのあとがき

あとがきであります。

これは、二〇一八年三月に、中央公論新社から出していただいた本の、文庫版です。

この本の親本（単行本版のことです）が出てから、三年弱。その間、私の囲碁の強さは……えっと、どうなんだろうか？　少しは強くなってる？　それとも、弱くなっちゃった？　それが……自分でもよく判りません。

というのは。この原稿を最初に書いた時、囲碁、始めたばっかりの頃は、ひたすら強くなることを目指していた私なんですが、最近は、何か、スタンスが違うの。囲碁、楽しめればいいか、そんな感じ。（教室に通わなくなってしまったので、昇級や降級することがなく、つまりは級を意識することがなくなってしまったって事情もあります。）

うん。今の私、「そりゃ、強くなっていたら嬉しいけど、旦那と一緒に碁を楽しめればそれでいっかー」って雰囲気。級位者じゃなくて段持ちになりたいって意識も、かなり薄くなってます。

楽しく碁を打てて、詰め碁が面白くって、ネットやTVで見るプロの碁でどきどきして、旦那と一緒にその棋譜が並べられるのなら、それでいっかー。

それから。今年の七月一日をもって、旦那、無事に定年を迎えることができましたあっ！

うん、これが一番の変化。（いや、一応、去年定年だったんだけれど、その後一年間、嘱託で会社勤めを続けていたのね。）そして、私の長年の野望でしたっ！

毎日旦那が家にいる。ああ、この幸せ。夫婦対談でも言ってますけど、旦那が毎日家にいて、毎日同じ時間に夕飯がとれる。なんて幸せ、なんて幸せ、なんて幸せ。

毎日家にいる旦那は、鍋を洗って洗濯してくれるだけじゃなく、念願だった片づけ物をやってます。

片づけ物。うちには旦那の部屋があるんですが、ベランダが旦那の部屋に付随しているので、洗濯物を干す時には、必ずここを通るんです。ですが……長年、ここは、

「洗濯物抱えて横切るの無理じゃないか？」って状況でした。（アスレチック洗濯物と呼んでました。）そこに、今では獣道《けものみち》ができています。

リビングの出窓の処には、旦那が椅子をおいて、パソコン遣《つか》って仕事や何ややってました。で、リビングのその部分は、「旦那の巣」って呼ばれてまして、ほぼ、床が見えませんでした。でも、今は床が露出しているんだよー。掃除機、かけることが可能になったんだよー。（いや、私が、自分の仕事関係で積んでる資料をひとに触られるのがほんとに嫌だから。だから、旦那の部屋と旦那の巣は、それまで不可触領域だったの。という訳で、リビングには、「素子の巣」もあります。でも、ここは一応、床露出してるからね。がちゃがちゃなのは机の上だけだからね。）

数年前、旦那の父が亡くなった時、旦那、実家の整理をして、段ボール箱十数箱分の思い出の品をうちにおくったんですが、それ、一階の和室に山積みになっている状態でした。その段ボールが、徐々に、徐々に、開いているんです。

こんな風に。ゆるやかな日常を続けているうちに、旦那の意識も徐々に変化してきてくれて。

今では旦那、時々昼寝をするのがとっても好きになっています。

会社員時代は、例えば囲碁のビデオ見ていて寝おちしちゃったら、旦那、もの凄く口惜しがっていたんですよね。なんか、時間を無駄にしてしまったって気分になるらしくて。土日にうっかり昼寝でもしようものならば、ほんとに心から、「ああ、時間を無駄にしてしまった」って頭掻《か》きむしっていたりして。

それが今では、昼寝が好き。定年になって二カ月。やっと旦那、「好きな時に時間を無駄にする幸せ」に目覚めてくれたみたいです。

でもって、これはきっと、この後の人生に、いい影響を与えてくれるんじゃないかなあって、私としては期待しております。

いや、さあ。

囲碁って、旦那と私にとっては、〝趣味〟だよね。趣味って、〝時間を無駄にする贅沢、時間を無駄にする幸せ〟なんだから、今までみたいに、もの凄く熱烈に、「勉強するぞー」って感じで囲碁に取り組んでいる旦那も悪くないんだけれど、「時間を無駄にしてもいいや」って感じで囲碁に取り組むのも、還暦越えた人間にはいいんじゃないかと思うんですよね。

（まあ。こんなこと書いてしまうのは……そもそも、小説書くって、〝時間を無駄にする贅沢、時間を無駄にする幸せ〟の上に成り立っている仕事だからって気分も、あるからですよね。ぼーっと、何もせず、時間無駄にして変なことばっかり考えている。

お話書く為には、絶対にこういう時間が必要で、というか、こういう時間がないと、そもそも私の場合、お話を書くっていう作業が成り立たないから。だから、私は、日々、結構ぼーっと、意味のないことばっかり考えて、時間を無駄にしています。んでもって、それを〝贅沢〟で〝幸せ〟だと思っているから、この仕事ができているんだと思っております。)

あ、あと。

2020年に文章書いている以上、絶対に触れなきゃいけないのは新型コロナのことだよな。

うん、このコロナのせいで、囲碁界は結構大変だと思います。(って、大変じゃない業界は、多分ないような気もするんですが。)

碁を打つ場合……ソーシャルディスタンスは、とりようがないよな。(大体、碁盤はさんで、三、四十センチくらいの処で、二人のひとが向かい合って打っているよね、碁。二メートル離れて碁を打てって、それは無理でしょう。黒のひとが打つ。その間、二メートル離れていた処にいた白のひと、黒のひとが打った瞬間、たたたって碁盤に近づき、局面を見る。白のひとが近づいてきた処で、黒のひとはたたたって二メートル離れる。白のひとが考えている間、黒のひとはとにかく二メートル離れている。そして、白のひとが、ぱしって石を置く。その瞬間、黒のひとは、たたたって走ってきて……。これはもう、〝囲碁〟じゃなくて、代わり番こに二メートル走る、まったく違う競技になっちゃうよね。……まあ、こんな競技、あったらそれはそれで面白そうな気もしますが。）

今では、パーティションみたいなもの作って、それはさんで、マスクした二人が碁を打つのがスタンダードになっているみたいなんですが、碁盤の端まで石を打つ可能性がある以上、このパーティション、下が結構空いているんですよね。

しかも。囲碁の競技人口って、圧倒的にお年寄りが多い。クラスターが発生してしまった場合、一番まずいひと達だと思います。

……これはもう。

飲食業界でも、演劇業界でも、映画業界でも、みんな同じだと思うんですが。

努力で、感染は、防げないでしょう。いや、努力を軽んじる訳ではないんですが、どんだけ努力をしようとも、それでも多分、感染する時には感染するよね。

これはもう、神様にお願いするしかない。

この、コロナ騒動。

一日も早く、終息してくれますように。


……ところで。

最後にやっぱり。これだけは、書かないといけないかな。

えとあの。

この原稿を最初に書いた時の目標は、「旦那が定年になるまでに初段になる！」でした。

そんでもって、旦那は、無事に定年になりました。で、定年生活を、満喫しております。

それで。そんでもって。

さて、私は……。

はい。まだ、級位者ですぅ。

……どうしよう……。

☆

そんでは。

最後にお礼の言葉を書いて、このあとがきを終えたいと思います。

この本を読んでくださったあなたに。どうもありがとうございました。

この本、読んでいただけて、ちょっとでも面白いって思っていただけたら、私は本当に嬉しいのですが。それに、この本の目的からいって、それまで〝囲碁〟というものを知らなかった〝あなた〟が、ほんのちょっとでも、〝囲碁〟に興味を持ってくださったら、それ以上嬉しいことは、私にはないのですが。よろしかったら、囲碁、始めてみてください。あなたが思っているのより、敷居は高くありません。

それでは。

もしも御縁がありましたのなら、いつの日か、また、お目にかかりましょう――。

二〇二〇年八月三〇日

新井素子

『素子の碁――サルスベリがとまらない』（二〇一八年三月、中央公論新社刊）
第四十二期棋聖戦総譜・部分譜（三十一ページ）読売新聞社提供

中公文庫

素子《もとこ》の碁《ご》
――サルスベリがとまらない

2020年10月25日　初版発行

著　者　新《あら》井《い》素《もと》子《こ》

発行者　松田陽三

発行所　中央公論新社
〒100-8152　東京都千代田区大手町1-7-1
電話　販売　03-5299-1730　編集　03-5299-1890
URL http://www.chuko.co.jp/

ＤＴＰ　嵐下英治
印　刷　三晃印刷
製　本　小泉製本

Published by CHUOKORON-SHINSHA, INC.
Printed in Japan　ISBN978-4-12-206970-1 C1195

定価はカバーに表示してあります。落丁本・乱丁本はお手数ですが小社販売部宛お送り下さい。送料小社負担にてお取り替えいたします。